U0772224

三部曲

空心岁月

林 白 著

中国青年出版社

目录

—

第一部分
红色蛙类消失

—

————

　　在我对子速的观望中，红色的蛙类总像一种恒定不变的背景或空间笼罩着他，它们有时像岩画中的红色蛙形，凝固不动，线条稚拙、简单，身穿红色 T 恤肤色黧黑的子速在它们中间目光忧郁、神情严肃。而在另一些时候，这种奇怪的蛙类开始在他的身后飞来飞去，直到布满了我头顶的天空，它们像一些红色的乌鸦那样发出"哇哇"的叫声，它们的无翅飞翔使天空变得陌生。

　　这种联想始于夏天。那时子速常常穿着一件红色 T 恤出现在我的眼前，而他经常谈到的话题即是红色的蛙类消失，那本来是某天晚间电视新闻里的一则短消息，子速为之忧心忡忡。他到沙滩大院我的宿舍坐了一个下午，整个下午我的房间里就充满了许多严肃而沉重的话题，那都是子速惯常爱谈的话题：人类面临的困境、普通人的生存、末日与拯救，等等，红色的蛙类消失这件事在他的谈话中反复出现，像一首交响曲中的主旋律，或者一条黑色的河流中不时跃出的红色火焰。

那段日子闷热之极。我的宿舍前后左右都是办公大楼的高墙，一点风都进不来，在这个漫长的夏天，我每天在房间里进行裸身运动，赤身裸体地打电脑，赤身裸体扇扇子，赤身裸体吃西瓜，赤身裸体下挂面，晚上睡觉时只在肚子上盖一条单位发的洗脸毛巾。我还常常跑到镜子跟前观看自己，主要目击物是腹部、腰和胸部。我跟所有离了婚的女人一样，衷心地希望自己身腰年轻永不发胖。子速就是在这些闷热的日子里的某个下午在我的宿舍里跟我谈论红蛙的。他摇着扇子，汗水从他的额头上滴下来，他说彗星在这个月就要撞击木星了，一种红色的蛙类已经在地球上消失。他说这种红色的蛙类是一种非常敏感的动物，它们的灭绝预示着一种大的灾难，再过若干年，我们就会看到结果了。

子速是一个运气极差的人，他的书橱里布满了非常多深奥的书，他读遍了它们，但他还是一个倒霉的人。我的女友李芮在见过他一面之后郑重地对我说：这个人一脸晦气，他干什么都不会成功的，你不要跟他合作任何事情。李芮的断言使我大为震惊。

运气这个东西确实太阴险叵测了，红色的蛙类已经从我们的视野（我们的视野就是电视）消失，地球将会有怎样的运气呢？彗星（我眼中的彗星是由巨大的冰块组成，像大洋里的冰块一样晶莹，像月光下的冰山一样寒光闪闪，它们白得发蓝,在难以想象的速度中升腾起美丽的尘光,它们的旋转犹如一种高难的舞蹈,它们肯定是一些热情的女人)撞击木星之后它们双方又会有怎样的运气呢?这样的问题飘荡在这个异常炎热的夏天。据说这样的气候已经几十年没有过了,从六月份开始一下就反常了,大雨从天而降,南涝北旱,我在电视里看到南方的许多城市变成了一片汪洋,大水淹到了楼层的窗口,各种船只在高楼之间穿行,我看到这些被水漫淹的城市有我熟悉的N城。看到它的楼房和头戴斗笠的女人(她们在近镜头中颧骨高耸,肤色黧黑)使我整个夏天都在想念它们,红色的蛙类已经消失,它们曾经被画在G省一座名叫花山的山上,名为花山岩画。花山离N城不远。这个夏天给我的印象除了反常的闷热就是大雨来临之前的天空,我常常跑到楼顶观望它,在奔驰突进的低云中,我看到隐隐的红光在漫射,这种红光比狰狞的乌云更狰狞,比恐怖的鲜血更恐怖。它们从南到北的移动,漫洒下异常的气氛,敏感的人看到了红色的蛙类在天空中飞翔,它们像一种怪异的乌鸦,发出哇哇的叫声。

从地上到天空充满了这样的声音,使有些人夜夜不能安睡。

种种不祥的气氛都是子速传递给我的,子速穿着一件红色的T恤,他本人就像一只红色的蛙,他黑且瘦,眼睛大而惊恐,这是一个丧家者,无家可归的人。同时他又是一个道德优秀者兼思想者,对人类前途抱有忧患,富于自我牺牲精神,热爱家庭和孩子,不怕吃亏,替朋友还债的人。他的以上品质在这个时代是如此稀有以至于显得有点滑稽,甚至离奇,没有普遍性可言。

我从来没有见过一个男人因为离婚而如此悲痛,这是一个已经不会悲痛的时代,悲痛欲绝使人感到滑稽,这个时代既不会悲痛,也不理解和容纳悲痛,这是事后子速对我说的,当时他的嚎啕大哭确实使我震惊之极,就像光一下刺了我一下,我早就不会这样大哭了,没有什么东西能这样打痛我,我已经习惯于不被打痛了。

他的嚎啕大哭从电话里传来,他对我说,这次肯定是过不去了,他反复说过不去了,他说了很多次之后我就明白了过不去是什么意思。他说他再也没有活下去的理由了。他的声音像电影里绝望的人,他一边说话一边啜泣,压抑着无边的痛苦,同时他的嗓音出奇地好听,像一种柔软的金属(银铃?)在空气湿润树木疏朗的林间草地上方被弹响。我忽然想到子速的嗓音有点像我国著名配音演员童自荣的嗓音,这个念头一出现,我立即觉得我不是在倾听电话里子速的绝望与痛苦,而是在听一部译制片的录音剪辑,啜泣声被有效地控制在独白中,速度由慢到快,最后达到高潮,变成了嚎哭,我潜心地倾听这声音,哭声止住后我又继续听他述说自己的痛苦,在倾听中我发现他的叙述用的是书面语言或艺术语言,这使我觉得子速也许读书读得太多,以至于与现实生活有些隔了。文学和艺术的诗意离我们的生活是那么遥远,以至于浸染了诗性的人在生活中显得滑稽可笑、不真实,而且处处碰壁。现在当我记述子速的哭泣时,我忽然想到了多年前的自己,一个在风雨中的电话亭里失声痛哭的女人是谁?风灌进电话亭里,把女人的长发飘起,它们落下的时候被泪水沾在了脸上,她脸上化的妆残缺不全,就像被她哭泣的爱情。电话亭侧面的高楼里住着她所爱的人,她给他打电话,说她就在楼下,她想要见到他。他没有下来,他并不想下来,她被幻想和绝望所折磨,只有对着电话哭泣,她的声音沙哑而难听。长久以来,我已经忘记这个女人的哭泣了,我忘记了她的抽搐就在我的胸腔里,在逝去的无数个雨夜,那冰凉而湿的空气直达心脏,她迅速变凉的泪水曾经那样长久地悬挂在我的脸颊上,她的哭泣就在我的喉咙里。

我听到子速说他是一定要了断的,国人的质量太差的因素之一就是把生命看得太重,而把一些更重要的东西看得太轻。他的语气坚定而悲壮,我觉得明天就会听到他的噩耗了,我将去收拾他的遗物,他说他的日记曾经想到留给我当素材,但考虑到我状态不佳他已决定留给别人,还说到了他的书,那是他最最珍贵的财富,他也交给了一位可靠的朋友,他曾借我的两本书和一本杂志他也已列在清单上,请他的朋友还给我。他说他把所有该做的事都做了,他说他非常冷静非常清醒，他已经一无牵挂了，他说再活下去已没有任何意义。我想这肯定是真的，从此以后我就只能到墓地去看他了。

当时我反复给子速打电话，在电话里我听到的第一声总是十分微弱有气无力的"喂"，它跟我听到过的那些临终遗言是一致的，确实就像是一个去意已定、生命的游丝在飘摇之中的人所发出的，他的声音就是这样一种游丝，它正在向着冥府游去，它大部分已经游过去了，只剩下了一点尾巴，就在这个时候我的电话来了，铃声把它重新召回人世。这就是我当时的感觉，有点像在传奇的电影中，一匹在最后一刻飞奔而来的马，一支箭（或者子弹）嗖的一声，挡住了扼断生命的那只手。正是这样，在不祥的红蛙飞临子速的头顶时，电话就响了，我想我真是太及时了，再晚一分钟可能什么事情都会发生。我在电话里用一个小时的时间劝子速，希望他珍惜自己的生命，哪怕是为了朋友也要活下去，针对子速的高尚品性，为别人而活是一个最能说服他的理由。他结果就被说服了。

子速一次次地说他要自杀，我一次次地劝说他不要自杀。我总是在电话里劝说他，我一直没有去看他，我对自己说应该去看他，但我一直没有去，我寻找着各种各样的借口，现在想来，我其实是有些怕他。我怕一个彻头彻尾的倒霉蛋，一个不人不鬼蓬头垢面嘴唇裂皮的准备自杀的男人。我的朋友中常常绝望到要声称自杀的还有一两个，但没有谁像子速这样山穷水尽，我缺乏跟大倒霉蛋打交道的经验，我不知道假如我真的去看他我应当做些什么，我怕担此重任。我想他真的要死我一点办法都没有。后来子速没有死，当他穿着红色的 T 恤像地球上的最后一只红蛙出现在我面前的时候他已经渡过了他的危险期。他通过到一家外资企业打工，用资本家残酷剥削、超负荷的劳动摆脱了他的精神危机。他现在关心的是两个截然相反的问题，他说：如果我有一百万，甘颜和孩子就会回到我身边了，我就会有一个家了。我每次从外面回来，我就想要是这时候我房间的窗口有灯光我就得救了。我当时把他所需要的理解为仅仅是灯光，我没心没肺地说：那你找一个年轻人跟你一块合住一段吧。子速黯然神伤了一会儿，说：我现在很孤独，容不了别人。

他的一项与百万财富的梦想背道而驰的计划是一项著述事业，他打算投入他后半生的全部精力，像普鲁斯特那样足不出户。他要写一部书，将一个普通人在这个时代这个社会所会碰上的问题探讨一遍。他说在这个时代做这样一件事确实像堂吉诃德一样可笑。可笑之处就在于即使想写也已经写不成了。

子速没有自杀使我感到隐隐的失望，我明白这不对，自杀的念头总是神圣的，但我不知道自己为什么会这样想。很少有人说了死就真的去死的，这使我们的生活十分平淡地在过下去，用子速的话说就是没有"遭遇"，但我觉得子速的遭遇甚至已经像一颗硕大的钻石，它神秘、复杂、色彩斑斓，在我的叙述中永远也不可能完整地出现，我的讲述仅仅只是它的余光，它的整体藏匿在子速的生活里和我的想象中。

子速坚决不同意离婚，为此他曾在甘颜的娘家静坐、绝食，整整两天不吃任何东西，然后就在她家的客厅里发高烧和胃出血，这让我很容易想到那些被丈夫嫌弃、坚决不肯离婚从而喝敌敌畏、上吊、抹脖子以动摇男人决心的女人，这样的女人俯拾皆是。甘颜的父母后来不让子速进入他们家，子速就日夜在房子的外面徘徊，时刻寻找进去的机会，每当甘母出来买菜或者小保姆带孩子出来晒太阳，子速就要上去，他说他必须见甘颜，必须跟她谈，他们说她不在，他说那可以立即给她打电话，告诉她他将一直等到她回来。他不顾一切地守候在甘颜家的门口，头发蓬乱（因为他急得用手揪头发）、两眼通红（长时间不睡觉）、嘴唇干裂（长时间不喝水，不记得喝，也没有喝的），精神十分亢奋，我想子速当时的形象绝对不像一个正常的人而像一个疯子，或者像《狼牙山五壮士》或者是《血战台儿庄》里的英雄壮士，他的神情就是决一死战的神情。他觉得这个世界全都欺骗了他，背叛了他，而甘颜就代表了这个世界，他说甘颜当初哭着要嫁给他，他就把她带回去了，他所有的朋友都反对他跟甘颜结婚，朋友说他跟甘颜是完全不同的两类人，甘颜物欲太强，而子速在朋友圈里被公认为是一名不上教堂的教徒，一名不写作的作家，一名不立说的思想者,他的房间里全是书,他反时装、反广告、反电视,根本不是一个时髦女孩所需要的人。难道甘颜需要一名牧师吗?需要一位精神导师、道德劝谕者吗?

子速认为甘颜的问题只是在影视圈里混过,那是一个最浅薄无知又高度讲求消费的圈子,她整天看着明星们进进出出挥金如土,以为那就是真正成功的生活,子速哭着对我说,当初甘颜哭着对他说她一定改,要重新开始。甘颜当时刚刚被一个导演抛弃,痛不欲生,准备自杀。子速说他当时真的以为她要死,事实上甘颜更大程度是觉得面子上过不去,当初她跟导演的同居搞得过于轰轰烈烈,导演的妻子又闹得过于沸沸扬扬,弄得大家都知道了导演要离婚,然后跟甘颜结婚,所以甘颜一直就以导演夫人的自我感觉在圈子里进进出出。忽然风云突变,导演回心转意,决意与甘颜分手,同妻子重归于好,没有人能说清楚这件事的始末,也有人说这其实是导演的一个障眼法,导演是对甘颜厌倦了。

真实的情况无从追究,重要的是甘颜的的确确是被导演抛弃了,她想再也不会有人爱上她了,谁会去捡导演的剩呢?谁都知道她是导演的剩,她此生再也没有出头之日了,甘颜一想到此就会嚎啕大哭或呜咽不已,她在她的宿舍里不洗脸不吃饭(正如后来徘徊在她家门口的子速),这时子速从天而降。

甘颜并不认识子速,甚至也没听说过这个人,甘颜所处的影视圈跟子速的确是两种不同的材料构成的,她可能知道某个二流的港台明星的血型与卧姿,但她不可能知道子速。跟甘颜在同一剧组的一名美工,是位初出茅庐的年轻人,业余时间画油画,因此认识了在一家美术杂志社当文字编辑的子速,爱好精神生活的美工很快就成为了子速的好朋友。子速从来不拒绝这样的朋友,他天生就具有一种吸引力,使他的朋友一碰到危机或者麻烦就想到找他,在某些绝望的时刻,子速就像北斗星,穿越我们心中的重重乌云,他悬挂在我们的上空,他的身后澄净而湛蓝,他的音质既柔软又铿锵,他的话既让人惊奇,同时又让人觉得它本来就在自己的心里,子速的本领就是能迅速把弥散在空气中的真理变成晶体并且拿到你的面前。他总是能说出一些深刻的话,使我们在闷热的气温中感到凉爽。同时子速还像荒芜的土地上的一棵树木,他的朋友就是它的阳光和空气,因为有了众多朋友的倾听,他的声音才如此充满了魅力。朋友们鱼贯而入,他的小屋因而空气清新。

他不知道他们为什么一个个消失了,他们怀着对他的崇敬之情远离了他。这个时代有一个强大的场,任何力量都敌不过它,它是一种命中注定的东西,与红色蛙类的消失有着一种神秘的联系,在暗红色的天空下,它不动声色地掠过我们的大地,所到之处,新鲜的树叶纷纷飘落,它们像鸟一样布满着天空。子速总是引发我的这样一种想象:灰色的鸟儿在暗红色的天空漫天飞翔，天空中充满了金属的呼啸声。即将到来的会是什么呢?子速总是要探讨灵魂的问题，究竟是市场对灵魂的压迫大还是革命对灵魂的压迫大?

没有人能长期忍受子速的追问，没有人会不害怕灾难的到来。这是一个不会给人带来好运的人，这是一个只有沉重没有轻松的人。现在已经不是一个思考的时代，整个时代都不喜欢子速，他倒霉透了，晦气透了，到后来我们对他敬而远之，就是说我们远离他的时候心里怀着一份敬意，这是我们对这个世界仅存不多的敬意的一份。只有当灾难(如同一种灰白的手指，它的影子从神秘的地方突然出现，触碰到我们的头发，使我们悚然心惊)或者难以言说的空虚(这种东西是一种灰色的蜘蛛网，无边无际，像天一样的颜色和重量，既轻得我们感觉不动，又重得我们挣脱不了，有时候我们感到这种灰白细小如蛛丝的东西已经粘在了身上，使我们无端感到不快活)突然来临，我们才会想到子速，他长型的脸黑而瘦，他的头发永远有些零乱，而且永远跟他的脸型不谐调，子速的脸型在周围很少看得见，我觉得它有点像基督的脸型。

我曾经在呼和浩特的书店里跟子速一人买了一本希腊作家卡赞扎基斯著的《基督的最后诱惑》，这本书的封面是头戴荆棘、背负十字架、胸前鲜血淋漓的基督，虽然我怀疑这是一幅改编的同名美国电影的剧照，但基督的形象跟教堂里的相去不远。我把封面上的基督跟子速比了一下，我发现这两者的确很相像,我指的是脸部,在脸部结构的中段有些凹陷,这种结构在国人中极少看到,这使瘦而高的子速在大街上多少显得有些奇怪。

子速的头发永远不谐调的原因是因为他没有像基督那样长发披垂至肩,只有披垂至肩才能缓解那种长脸型的对比,而子速的头发黑黑的顶在头顶上,让人感到他的脸长得无以复加。我还看到过一张子速剃光头的照片,它并不因为子速剃了光头就使他的脸看起来短一些、正常一些,反而因为没有头发的遮挡他的长脸型长得更加触目惊心。

(光头的子速常常出现在我的眼前,事实上我从未见过他这种样子,政治和监狱是我不感兴趣而且也不愿意提及的字眼,我从来没有搞清楚过它们,我害怕政治,我知道子速曾经被它关在某个地方,在那一年,我到底在哪里呢?他出来的那天我又在哪里呢?那天下着雪,雪花落在他的光头上,冰凉而湿润。他走到街上一家最近的剃头摊子前,在镜子中看到了光头的自己。他的眼睛突然充满了泪水,镜子里的影像模糊一片。他的泪水滴下来,落到放在膝盖的手背上。这是一个用冰雪覆盖的景象,我将永远不再提到它。)

子速当然不可能像基督那样把头发留长,如果那样的话,子速也许是一个引人注目的美男子。但是子速的本质排除了他在外表上标新立异的可能,他是一个平民的儿子,一个朴素的人,他的装束从来没有超出一个平常人,他的头发和衣服从来没有什么与众不同之处,只有他的神态那种庄严与忧郁将他和芸芸众生鲜明地区分开来。

他有时候甚至像一个盲流,根本不像一个生长在北京受过高等教育、对美术有着独到见解的人。我有一次看到他穿了一件式样很难看的粉红色布衬衫,这种颜色穿在一个肤色白皙的男人身上也许会好些,但子速皮肤黧黑,粉红色在他身上十分刺眼,既刺眼又土气,完全达不到京城文化人的水平,与这件粉红色的衬衣相搭配的是一条既没有型又很皱的牛仔裤,我不明白他的牛仔裤为什么会这么皱。在夏天他还喜欢穿一双网孔包头的塑料凉鞋,它上面的浮尘让人觉得是从垃圾箱里捡来的。我不知道他为什么要搞得这样糟糕,同时我也不明白自己怎么会对子速的衣着鞋袜这些末梢细节有如此多的注意和如此深的记忆。在我认识他的初期,我总是以一个京城文化人的外观水准来要求他,我觉得他的着装风格应该是大气、洒脱、自如、随意,他应该像他们那样,将一件又宽又大的T恤穿得十分潇洒。子速的随意却是真正的不管不顾,真正的随意,反而没有了随意的效果。只有到了现在,当子速已经从我的视野消失,我才意识到,他是一个真正超越了衣服的人。总之当时他一点都不像我心目中思想者的形象(难道思想者和盲流在外表上是一样的吗),不像一个在最具有前卫意识的美术杂志社工作多年的人。

这使我觉得子速从来就没有融入过当代生活。

在子速奇怪的生活中，总是有一个女人的身影在浮动，这是子速在结婚之前的同居者，这个女人把他送进了监狱，然后出国了，她无法解释这个行为，他们一刀两断，再也没有联系过。关于她反常(或者是卑劣)的行为，子速解释说她肯定感到自己老了，不再美丽了，她不愿意让自己所爱的人看到她衰老的样子，所以用极端的方式离开了他。同时他又说，这也可能是他一厢情愿的想法。

　　这个女人比他大八岁，他们整整同居了五年。在这个酷热的夏天子速穿了一条奇怪的牛仔短裤，这条毛边短裤的边上绣着两朵黄色的梅花，起初我没有注意到，子速说这是他当年所爱过的人的名字。他说她叫陈梅(事情已经过去几年，他在说出她的名字的时候还略有些发颤)。他说她的名声不好，一个人拖着一个孩子，活得十分艰难。别人都说她浪荡成性，其实是一个被污辱和被损害的人。他认识她之后跟她谈了整整一个通宵，然后就决定跟她住在一起。

　　这个叫陈梅的女人是一名地方戏曲演员，文化不高，而且比子速大八岁，他们的同居使子速变得更加神秘和不可思议。他当时已经三十岁，是家里的独子，但他放弃了正常生活的选择，跟这个比他大八岁的女人在一起。陈梅不愿意结婚，他们就没有结婚。子速把陈梅的女儿视同己出。

　　仅此一个事实就足以把全中国的女人感动得热泪盈眶。

子速对陈梅的爱情既强烈又细腻,其强度和深度足以使喜欢爱情的女人死而瞑目了。子速可以在陈梅赴外地演出的次日跋涉千余里从南到北跨越半个中国赶到演出地点看望刚刚分手不到三十六小时的陈梅,他在黄昏的时候赶到后台化妆室,像多年后徘徊在甘颜家门口那样既没有吃东西也没有洗脸,他风尘仆仆地推开化妆室的门,令陈梅与所有在场的女演员大为动容。只有在电影和戏里才会看到的场面骤然来到她们面前,它像奇异无比的花朵突然开放在她们的化妆间,它由于如此逼真而显得加倍的虚幻,它光芒四射使前台黯然失色,在场的每一个女人眼睛里都涌出了泪水,她们的恋人没有谁能在分手的次日就远涉千里而来,子速使她们在夜里辗转反侧,对自己的恋人陡添不满。

我还没有在生活中看到过一个像子速这样的人,我总是一再地觉得他多少有些不真实,他的所作所为总是比我预想的要好、要出人意外,要更浪漫、更高尚,总之他的行为好得有点不像是真的, 它高出生活一截因而显得具有戏剧性,甚至像表演。他的一个熟人曾跟我说:子速这个人怪怪的,是个怪物,他爱一个比他大十岁(这是另一种传说)的女的爱得死去活来。

说这话的是一位春风得意的美丽女士,她是生活潮流中顺流而下的人,炒股和开车,没有什么时髦会跟她擦身而过,她跟所有的时髦都要撞一个满怀。

不管陈梅到底比子速大八岁还是大十岁，抑或是一种极端的说法大十二岁，总之子速是爱上了一个比自己大许多而且拖有一个孩子的女人，这跟男人天生喜欢年轻貌美的女人的天性背道而驰，我们总是看到，在女人比男人大许多岁的爱情中，女方或者是名人，如丁玲、伊丽莎白·泰勒，等等，或是极有钱的富婆。陈梅到底有什么可取之处呢？这是包括我在内许多人的问题。

　　许多人，尤其是大龄未婚和离了婚的女子，她们的年龄在三十岁到四十岁之间，这是一个害怕青春逝去找不到归宿（归宿就是丈夫）的年龄段，现在她们忽然发现有一个名叫子速的男人不在乎女人的年龄，这真是让人又惊又喜，犹如漫漫长夜出现了一颗星星。年龄是女人最大的压力，她们总是想方设法将它瞒住，为了使这种隐瞒合理化，文明世界还制订了一条不许问女人芳龄的规矩。打听女人的年龄是不礼貌的表现，所有的礼仪书籍和礼仪培训都这样告诫那些打算变得更有教养的人。但是对于这位曾经爱过一个比自己大许多岁的女人的男士，我们可以很放松地告诉他，三十一岁还是四十岁都不必紧张，因为我们即使已经四十岁，也不过比现在的子速大三四岁，离那个他曾经爱过的女人还差得远，我们永远也不会像那个女人那样比子速大这么多，我们丝毫也不用操练那些我们用起来并不娴熟的隐瞒年龄的技巧，据说这些技巧只有在西方社会浸泡过的女士（比如某些电影演员)才能使用自如,而我们由于对此生疏所以总是神情紧张,正如一个战士面对一样陌生的武器。

神情紧张使我们面部的肌肉显得古怪、坚硬甚至凶相毕露(这是任何人都具有的潜在的一面),同时我们天生不善于此道,无论我们说出:"你看呢?""你这个问题怪怪的。"或者"不许打听女士的年龄!"或者"还没到一百岁"或者"二十八岁以上"等等,我们都无法理直气壮,我们总是心虚,我们的真实年龄像一块坚硬的石头,或者尖利的砂粒、或者黄蜂的刺隐藏在我们的心里,它跟我们的血肉粘连在一起,它在我们的胸腔里转动,摩擦的粗糙感觉使我们不舒服,它上升到我们的喉咙,它无法在那里停留,它终于被我们说了出来。

这使我们前功尽弃,心情黯淡,使我们的自我感觉降到最低点。我们最初的坚守因为我们最后的放弃而显得滑稽,坐在我们对面的男人不战而胜。而我们的皮肤(我们最重要的屏障)因为这强有力的刺激和暗示而显得比我们真正的年龄更衰老,它停留在这个水平上,永难复归。

如果女人没有年龄的压力该是多么幸福!现在我们已经看到了这一点,子速正是这样一个性能良好的减压阀。在他面前我们不需要把年龄堵在心中和压在喉咙里,我们的面部肌肉因为放松而显得柔美,我们的嗓音因为真实而圆润,我们甚至能活泼起来,我们说出了自己的年龄之后就忘记了它(它比不说出来要安全得多),去掉了年龄的压力我们像变了一个人,你要知道长寿的秘密吗?那就是忘掉自己的年龄。你要知道青春永驻的秘密吗?那就是忘掉自己的年龄。

如果永远在子速这样一位可以使自己不在乎年龄(不在乎是通向忘却的桥梁)的男人身边生活,我们一定可以使自己不在乎年龄,我们一定可以不做美容就青春永驻。精神的力量是巨大的,一位伟人如是说。

在我对子速的观望中,我常常看见他的牛仔短裤的毛边上绣着的黄色梅花,在很多的时间里他都穿着这样一条裤子,和那个我从未见过的陈梅相互厮守在这个喧闹的城市的某间屋子里,或者相反,陈梅已经离开,他的身边空出一大块,就像在一个电影画面或者照片上,子速处在画面上一个旁侧的位置,显得有一种欠缺,陈梅的缺席使这个画面永远不能均衡。如果这个画面是电影的,它背景的运动尚能给人带来一种视觉的补充和期待的遐想,若是照片,他的空缺就永远被固定在这一格了。

(是否他跟甘颜结婚之后,他还在夏天穿着这条绣有黄色梅花的牛仔短裤,我想也许正是这个关于梅花的故事在最初的时候打动了甘颜。)

黄色的梅花,缀结在灰蓝色的牛仔布上,这种颜色的对比使我想起二战题材的一些影片,它是多么像那个黄色的布星星,那是被占领国犹太人的标记,它被缝在犹太人衣服的前襟上,这是一个被侮辱的标记,它把苦难带给了被占领国的每一个犹太人。黄色的梅花在子速身上却是爱情的标记,那是一个不祥的爱情。子速从来否认这一点。黄色的梅花在他身上暗淡而陈旧,子速说:不知陈梅现在在哪里,她已经四十五岁了。

他说她最喜欢黄色的梅花,在他们同居的日子里,他将房间里所有的布制品(包括窗帘、床单、沙发套、茶几布、冰箱布等等)都缝上了这种黄色的梅花。他在墙上挂满了陈梅的照片,从她年轻的时候一直到她四十岁。

当然他爱情的证明远远不止这些。在甘颜坚决离婚的日子里子速对我说,他是一个靠吃爱情生存的人,没有爱情他就不能活,甘颜是不吃爱情的,他们吃的不是同一样东西,所以导致了现在的局面。一个三十多岁的男人大谈没有爱情就不能活,这使我感到有些不合适。我想这个人之所以倒霉就是处处要谈爱情。他认为跟他是同一类人也是靠吃爱情生活的陈梅,在她暗地里找到一个愿意娶她的美籍华人之后就去告发了子速,在一种特殊的形势下子速果然被收审了。

他出来的那天是个雪天,他在街头的剃头摊子剃了一个狗啃式的光头,他光着头在灰蒙蒙的雪地里行走,周围的一切似乎跟他隔了一层,它们和他互不干扰,就像各自放映的两部电影。雪花落在他裸露的光头上,冰凉的感觉一次又一次地抵达他,把他已经模糊的记忆点点滴滴重新唤起。这场过早的雪跟他相关的一些事情似乎有着神秘的关联,那些事情就像雪一样冰冷而灰暗(在灰暗的气息中,雪花是另一种白),它们簇拥着陈梅的脸,从浓云惨淡的空中俯向他,这张脸是他所不熟悉的另一种神态,似笑非笑,含义不明。

他无法知道这到底为什么,没有人能给他答案。据子速说陈梅非常爱他,她从前的男人都是贪图她的肉体,只有这个比她小八岁的男人珍惜她。她称子速为圣人,子速说他只是剩下来的剩人。他对她的行为无法理解,一想到陈梅以这种方式离开他,子速的脑子就变得一片迷茫。他说她们(甘颜和陈梅)离开他的方式惊人的相似,都是借助国家机器(监狱和法院),因为她们知道不借助强大的外力她们是不会成功的。我不知道她们是因为受不了子速过分强烈的爱情还是她们另有所爱,从后来的情况看,陈梅嫁给了美籍华人,甘颜傍了大款,她们不再爱子速了。

我十分弄不清楚的是子速这个人为什么会不让她们过去,他说她们从前的男人总是让她们过去,现在她们碰上了一个不让她们过去的人了。要么她死,要么我死。子速坚决地说。子速为什么不长点志气呢?他怎么会不明白呢?他为什么要勉强别人呢?我告诉子速,当初我一提出离婚我的前夫连一分钟都不犹豫就同意了。

子速愣了一下说,那是有些人在乎,有些人不在乎。

子速始终不愿意把陈梅描绘为一个坏女人,她举报了他,抛弃了他,然后远走高飞,他说这是她觉得自己老了,她不愿意让自己所爱的人看到她衰老的样子,这些想法是子速用自己的身体为自己点起的一盏明灯,它的光亮使他得以在这个昏暗的雪天的街道上恍恍惚惚地往前走。他的幻想并不很牢固,他心中的灯忽明忽暗,这种忽明忽暗的状态一直延续到现在。这种明暗有时是同时闪烁,这奇怪的现象、并存的矛盾令他感到迷惘。在同一分钟内他对我说:是她抛弃了我(这是一句仇恨的话),她很爱我,她怕我看见她衰老的样子(他说这话时充满了爱意。一个三十多岁的男人总是谈爱情使我有些迷惘意外)。

子速在忽明忽暗中来到陈梅的家,陈梅的外嫁由前来看望他的朋友老K告诉了他,之后又有人陆续证明了这一点。陈梅在长达一年的时间里从未露面就是最有力的证明。在那一年中,陈梅的事像一枚炮弹击中了他,蘑菇云在他的头顶腾空而起,笼罩了他全部的回忆和希望,呼吸与睡眠。弹尘一直没有完全落下,而是不停地膨胀和滋长,变得臃肿和沉重,紧紧地压在他的头顶,粘在他的皮肤上。子速在相信的同时否定,在否定的同时相信,就像尽职的钟摆,还没走到边缘就急急返回,如此反复,子速开始处在了一种永不停歇的钟摆运动之中。

这种相反的奔跑使他精疲力竭。

他来到了陈梅家。他有她的房间钥匙,三年来他一直带在身边,进监狱去的时候交出了所有的私人物品,出来的时候一样不漏地还给了他。正是这把钥匙忽明忽暗地引导着他,他走在楼梯上,一级一级地往上走,这个熟悉的姿势把他的体力和步子的弹性在荒疏了一年之后重新召集起来了,每一级阶梯就像一小截时间的链条,他沿着它们一点点走回了从前。

楼梯道上那些陈年灰尘的气息,没有及时清扫的陈腐物的酸气,隐隐的尿骚味(是小孩的便溺还是外来者?有一次他们在九楼的楼梯上发现了一堆成人的大便,子速判断那是坏人拉的屎)依然如故,它们就是从前的气味,从未消散,一直停留在这里。在他跟陈梅同居的初期,他总是不乘电梯,他不太喜欢开电梯的女人那种含义不明的目光。这是一幢二十层的高层建筑,电梯的设置使人行梯道安静、空无一人,陈年的灰尘无人清理,往昔的气息从楼梯的上方逶迤而来,缭绕在他的身上,越接近十层这种气息越浓重。

当他从陈梅家门口停下来的时候,一年的空白仿佛已经滤净,现在的抵达与上一次的离开恰好衔接,一点空隙都不存在,一点时光都没有失去,一切事件都不曾发生。他把钥匙掏出来,准确地插进了钥匙孔。

钥匙转动的时候出现了异样,子速一开始并没有发现,他本能地感到是什么地方出了问题,从前这个锁也总是这样。他调整位置,用更大的力转动钥匙。

异样的感觉是突然升上来的,像针刺、雷鸣和枪击,具有突然性和强烈性,猝不及防,从外部到内心并停留在那里。与此同时,门从里面一下打开了,一个子速有点面熟但却想不起来是谁的女人站在门内,这堵活生生的墙从这个瞬间开始膨胀和变厚,确切无疑地挡住和隔开了子速生活的以后和从前。房门的锁已经被换过了,陈梅永远不会再回来了。陈梅把房子长期借给了她的朋友,这是一个吊眼女人,她无端地让子速感到了横眉冷对触目惊心。事实上吊眼女人的眼睛里是一种与横眉冷对相反的东西:怜悯。多年以前,吊眼女人曾是子速不知名的崇拜者,她曾经为子速与陈梅的爱情流下过热泪。也许正是由于羡慕才使她跟陈梅成了好朋友,子速的出现使她相信,世界上有少数男人是好的,这少数的男人会真诚地爱上年老色衰的女人。吊眼女人远远地看着他们,在观望中岁月飞逝,现在她看到子速脸色发灰两眼发直地站在门口。

吊眼女人把子速让进屋。他看到室内的陈设没有变动,床、衣橱,亲切而动人,就像他的亲人,死心塌地地等待他的归来。他恍恍惚惚地站在屋子中间,吊眼女人递给他一包东西,那是用他们的旧窗帘包着的一包子速的衣服。窗帘边缘的黄色梅花露在外面,触目惊心。

小巧的黄色的梅花就像是陈梅身上直接生长的花朵,它们从她身上落下来,停留在这里,它们携带着她体内的芬芳,吸纳了她的呼吸与体温,它们的颜色和形状隐藏着它们离开的秘密(子速坚信,这个秘密就是她太爱他了)。它们飘离了窗帘,悬浮在空气中。监狱里的歌,那首十分耳熟、却从来没有唱过的《一只鹅》无端地来到了这里,它平凡而简单的旋律浮动在这个房间里,变得神秘而感伤。它们迈着细小而尖利的步伐进入他,使他心里感到了隐隐的疼痛。《一只鹅》这首监狱里的简单的情歌,从此成为了他最最深入骨髓的情歌,它就像他的隐痛。这个房间就是一个界限,正是在这里,它把它由平凡简单变得感伤而神秘。它是冶炼炉、孵化器,百感交集的生发之所。

《一只鹅》的曲调和歌词都很简单,其中有几句是

一只鹅

水里游

孤孤单单在发愁

两只鹅

水里游

摇摇尾巴点点头。

曲调十分平淡,远远没有《走西口》那样的撕心裂肺。平淡而重复,它几乎就像只有一句曲子,狱里的犯人反反复复地唱着它,它就像监狱里特有的空气(饭馊的气味、尿骚、汗

臭)令子速厌恶,但现在它被那些他所熟知的喉咙再次唱出来,他们在另一个地方唱,在高墙下黑暗的屋子里唱,一边糊火柴盒一边唱,一边撒尿一边唱,这种声音一层又一层覆盖了所有人的眼睛和心,它是那样粗糙但决不粗砺,它就像蓝天那样平常和柔软。它们穿越着人流,沿着往昔的楼梯一步一步走上来,子速重新发现了它,他心里一遍遍地响着《一只鹅》的旋律,他心里的声音跟往昔众多的喉咙发出的声音汇集在一起,发出轰轰的震响,这种震动在他的血液与末梢神经形成了微微的颤动。他发现了这首平淡的歌子隐藏着的撕心裂肺的东西。两只雪白的鹅在这个房间里游走,曲线优美而虚幻,黄色的梅花就是它们令人心痛的背景。

在那个冬天,子速的哭泣声在通往朋友家的电话线里奔走,他像一个失恋的女人、被抛弃的女人那样哭泣,这种哭泣在半夜里发出,听起来就像《一只鹅》的旋律。说子速像女人一样哭泣,一点都不含贬义,因为爱情从来都是女人在乎,男人不在乎,在乎爱情的男人是女人的福星,因此不光不含贬义而且还带着强烈的褒义。我总是看到我自己、我的女友们、报纸上披露的素不相识的女人,所有这些另一种性别的人们被爱情所伤害,她们在半夜里哭泣和自杀,或者暗中憔悴,有一种东西,只有她们才能感觉到,她们的眼睛、皮肤、心和触角在她们青春的岁月里经过性别的浸泡,变得高度敏感和脆弱,她们即使闭着眼睛把手放在空气里,也能感觉到那种东西是否在流动,它轻微的流动像水一样明确,并立即胀满她们的全身。

但我在生活中再也没见到过像子速这样的人,子速绝对是一个例外,他不具有普遍性。这跟他所关注的事情恰恰相反,他说他对例外不感兴趣,他只关心具有普遍性的问题,比如,一个普通的人,在这个时代、这个社会,从出生到死亡,每个人都大致要经历的事情。子速有时喜欢提上帝,他说他所用的这个词跟别人用的不一样,他之所以要用这个容易引起误会的词,是因为他还没有找到一个合适的词来代替它。我问他是否相信神迹,比如一个人得了重症,半身瘫痪什么的,教友们一起为他祈祷,于是这人就站起来了,诸如此类。子速说这样的事也许会有,但他不感兴趣,因为这种事会非常非常少,大多数人都不可能碰上。

子速在那个冬天人不人鬼不鬼,他一点都不坚强,一点都不自尊,就像后来在甘颜家日夜徘徊一样,他常常在深夜里从北到南越过大半个北京到方庄的一幢旧楼看陈梅房间的窗口,他坚硬的头发在他长型脸的头顶竖起,使他的脸显得更长更窄,看起来有点像美国的"朋克",他精神困顿的敲门声总是出现在几位朋友的家门口,他们收留他,让他在客厅里过夜。

就是在这个时候,甘颜在她的单身宿舍里不吃饭不见人,剧组里年轻的美工想起了他的精神导师子速,营救一个遭到抛弃想要自杀的女孩确是一件最适合子速去做的事情。

子速有一个奇怪的特点,几乎每到一个地方他都能吸引所有的女孩,他轻而易举就能让女孩将心事告诉他,女孩子总是有无限的心事,子速总是能把话说到女孩子的心里去,他是天生的牧师,同时又是天生的骑士,他总是乐于为女孩子服务,为她们拎包、为她们让座,把自己的太阳镜借给她们,他丝毫也不怕有失身份,他自然而然地做着这一切,不管这女孩是漂亮还是难看,是苗条还是胖得不成样子,是时髦还是土气,他总是殷勤地照料她们,就像她们全都是他的情人。

就这样,几年前的奇迹再次降临了。子速听了甘颜的事,立即就把自己的困境忘记了,他立刻动身赶到甘颜的宿舍去,他是太需要去拯救一个女孩子了,拯救他人就是拯救他自己,子速总是这样来走出他的困境。他在去往甘颜宿舍的路上迅速变成了一个英雄,一个精神强大的人,一个悲天悯人者,一个牧师,以及一个骑士。所有的光芒立即全都回到了他的身上,并在他身上闪闪发光,这些本来就是他身上的素质,他只是一时把它们失去了,而甘颜恰恰就是这样一枚磁铁,她真是出现得太及时了。因此当子速到达甘颜门口的时候,真是既庄重又神秘,恰如一个负有特殊使命的人从天而降。

子速跟两眼红肿披头散发的甘颜谈了整整一个晚上,于是这个年轻貌美、又懒又馋、好出风头、热衷于时髦事物的甘颜闪电般地爱上了子速,她坚决要嫁给子速,她指天发誓要改掉她的毛病,从此好好做人。

他们迅速地结了婚。

所有认识这两个人的人全都吃了一惊。

我跟子速的相识是在陈梅之后,甘颜提出离婚之前。我到呼和浩特开一个美术方面的会,在那里我吃惊地发现了世界上还有子速这样的人,他使我感动。到后来,在一个特定的时间,我听到了他对我说他爱我。

在近十年的时间里,我常在电影电视里,以及生活中听到一些男人对女性说,我喜欢你。他们从不用爱这个字眼,从来都是用喜欢,他们永远都是说"我喜欢你",他们说得轻松自如,就像喝下一杯茶,舒服而滋润,我们的听觉也舒服而滋润,这句话使我们微笑,使我们脸不改色心不跳,我们对此已经习以为常。一个融入了当今时代的人是不会为这个时代的常用词而迷惑的,就是说,不会迷失方向,对这个时代的情爱规则就像对十字路口的红绿灯,我们不需要思考,总是下意识就完成了它对我们的指令。我们像鱼一样畅游在大海里,只有子速才像一尾不断跳出水面的鱼,阳光在鱼鳞上闪闪发光,既辉煌又短暂。

我们同坐一辆吉普车到一座草原城市，这使我们共同置身于草原的奇观之中。在那座空阔的城市里，我们发现在街中心就能一眼看到太阳从地平线落下的壮丽景观，晚霞辉煌的色彩笼罩了整座城市，树木、房屋和人全都镶上了一层金红的颜色。当时我跟子速正走在那座草原城市的大街上，我们同时意识到了这个草原的城市奇观，瑰丽无比的晚霞像潮水一样汹涌澎湃从天边和地平线向我们滚动而来，它们的浪涛厚实多变，闪耀着难以言说的光芒，这跟海浪的反光不同，我们明确地感觉到那最辉煌的光源就在云层的中间，它被层层遮挡又被各各反射和映照，它从云层的缝隙飞奔而出，一泻千里，在我们仰望的视野里漫射出一片金色的光线，或者在浓厚的云块的背面蔓延，直至到达边缘形成极其明亮的金色镶边。

　　风从天边浩荡而来，这是推动云霞变幻的巨大力量，无论它作用于大海，还是作用于天空，它同样制造浪涛汹涌。晚霞金红、桃红、灰红、橘红地从草原的尽头一直滚动到我们的脚边，它反射的瑰丽色彩覆盖了我和子速的全身。那一刻，就像是神的手掌掠过，我深怀感动，呆若木鸡。

　　一定有一种神秘的东西同时注入了我和子速的心里，有一种东西，在我们之间奔跑、跳荡、缠绕、闪动。天空幽蓝深邃，草原无比广阔，这片草原上没有一个多余的人(牧民和羊群是草原画龙点睛式的妥帖点缀)，天老地荒，只有我们一行随车疾驰，地平线就在前面不远的地方，汽车向着地平线猛冲，每时每刻我都感到我们的车已经在了地球边缘，很快就要从地球上掉下去了。

在天老地荒的空阔草原上所有的自然景观全都改变了常态，它们夸张地逼近我们，暴雨前夕乌云密布，我们停车片刻，看到浓黑狰狞的乌云全都聚集到我们的头顶，伸手可及，仿佛整个天都要从我们头顶砸下来，在瞬间把我们砸得稀巴烂。而四面的风仍在把这个已经十分逼近的天继续往下刮。我们只有赶快逃回车里。

在雨中疾驶，前面出现了一道彩虹。我从未见过如此完美的彩虹，它横跨了整个天际，从天边的一头到另一头，巨大的天幕一无阻挡，仿佛正是为了这举世无双的彩虹而存在，我从前看到的彩虹总是被各种丑陋的建筑物所切割，这使我看到的只是被肢解后残存的片断。有一次我在家中的阳台看到它被一截粗黑高笨的大烟囱所截断，烟囱里喷出的浓烟像一些黑色的虫子布满了彩虹的一端。那景象令人心疼。

彩虹与烟囱，这两种事物出现在同一个画面里，这是我在默想中未来的电影反复出现的一个镜头。但是这个镜头在我的心里哗哗掠过，纷纷坍塌在身后，它所带来的疼痛瞬间就被眼前草原彩虹的完美所覆盖。我惊喜地看到一道七彩的拱门正劈面而来，那来自天国的彩色的水珠缤纷而晶莹地悬挂在伸手可及的前方。我们的车一直向前开，彩虹一直在我们的眼前，但最后也没能到达彩虹。在黄昏的时候它消失了，代之而来的是乌云簇拥的落日，浓厚的云层黑红参半，落日奇大奇红，跟我平日看到的落日完全不一样，我相信这颗非同凡响的落日绝不是我在城里看到的那一枚，它体积硕大，红光充盈，比任何时候都更靠近我。

我们身不由己地进入了那座落日之城。当我跟子速站在这座城市的街中心的时候，我发现同行的人全都不见了，街道两旁奇怪地没有一个行人，我们好像突然掉进了一座非现实的空城里。这里的一切都非同寻常，除了落日奇大，晚霞的金红色笼罩了目力可及的一切事物，房屋、树木、电线杆以及某条奇怪的端坐不动的狗，除此之外，我所看到的全部房屋都只有一层，它们全都是平房，而且窗户很少，小得不像是窗，倒像一些缝隙。我无法知道这样一些奇怪的缝隙里是否布满了人的眼睛。

我无暇去想这些。有一句耳语般的声音连同汹涌的晚霞到达了我的耳边，我分辨出这是一句人声，它来自子速，我准确地听到了它。

他就那样说了。

那是一句我将近二十年没有听到的话。我常常在电影或书籍里看到它，但它在这些地方只要出现得有半点不舒适，我就会加倍地放大它的滑稽和可笑，设若它在现实生活中由一个大活人说出来，我会觉得它毫不真实，由于这不真实而变得面目可憎,令人生厌。同时我相信二十世纪九十年代的绝大多数成熟的男人都了然这一点,他们绝对不会对一个成熟的女人说出这句话来的,他们塞满了这个世界拥挤的街道,寻找女人,做爱,然后系好裤子继续从事他们的事业:赚更多的钱、爬到更高的位置上,出卖脑力或者体力。爱情确确实实是一件古典时代的奢侈品,他们为什么要它呢?它到底有什么用呢?这个问题男人们全都想清楚了,谁想不清楚谁就是笨蛋,谁不但想不清楚而且还要去追求一番谁就是一个双料的大笨蛋。

现在回想起落日之城我在街中心听到的子速的那句话,我一点都不感到它生硬和做作,它纯粹、自然,就像从晚霞里直接滚动而来,化为气流弥漫在我的周围。这个声音在它发出的时候是一种耳语,一种薄如蝉翼的翕动,它最初到达我的时候也是耳语,但它在我体内的荡涤使它声如震鼓,一种缓慢而有力的鼓点,在我的心脏震荡和扩大,一下一下,每一下都准确地击中,毫不偏差,它从我的心脏奔涌到我的四肢、眼睛、血管、头发,所有的末梢。然后,我感到这声音从我的身体向外扩散、疾走,闪电般地越过街道和草原,到达天边,并在那里发出滚滚惊雷。

我站在原地,雷声的震动和气流一直包裹着我,我一点都不知道别的人现在在哪,子速现在在哪,他发出的一句耳语把我长久地定在这里,这句话的回音像水的波纹一圈比一圈大。我站在空旷无人的街道,想起超现实主义大师保尔·德尔沃所画的《回音》:在月光下,裸身的女子举起手,仿佛在追忆着寻找什么,同样的人体,同样追寻的姿势重复三次,一次比一次缩小,一次比一次稍稍后退。我现在就觉得自己正置身于这样的梦境中,月光下,子速雕塑般的身体在转动,他以同样的神情、同样的姿势转身,但他每转一次他的身高就升高一点,在月光下完美而超拔的子速,浮动在那个奇怪的夜晚里。

当我意识到这是一个夜晚而不是黄昏时,我发现波涛汹涌的晚霞完全消失了,连灰色的过渡都已完成,我头顶和脚下悬挂着拳头般大小的星星,就像凡·高《星月之夜》里的星星,又大又美。这使我觉得,这正像子速那句要紧的耳语突然间换了一种崭新的面目出现在我的面前。我惊喜地看到,星星就在离我的鼻子不远的地方,伸手就可触及,而不是平常的在天上很高的地方,需要仰起头才能看见。

我惊奇地转动着身体,我发现每个方向的星星都同样的近而大,大而美丽,饱含深情地在我身边隐隐浮动。它们淡黄的颜色映照在我的衣袖上,我浑身全都是星光的颜色。

我不知道这个奇怪的夜晚是什么时候结束的,只记得最后是水的波纹一层一层地漫过了星星,大如拳头的星星在水中摇摇晃晃,我听见子速的耳语再次从水与星星之间到达我的耳朵。我爱你。他说。

他就这样说，一点都不生硬。这句话实在是太危险，它会导致两个极端，一个是它的真义，另一个却经过了这个世界的折光而变得浅薄可笑。我在这个世界漫游已久，早把它的真义忘记了，如果是别的男人对我说我爱你，我一定会在心里笑出声来，但是子速一路上跟我讲述他的故事，那个比他大八岁的女人的故事和甘颜的故事，那个珍贵的字眼被子速带领着穿越层层尘埃颤动而来，他叙述时不时说出这个字眼，它在他的爱情故事中冲刷与打磨，它的光泽弥漫了他全部的叙说，到最后，这个字眼已经变成一颗硕大耀眼的珍珠悬挂在那个过时的戏曲演员的额头上。

这令我艳羡并隐隐嫉妒。

现在这颗珍珠忽然落到了我的头顶，它像草原的月亮一样与我咫尺相望，光华流泻，注入我的全身。我完全忘记我本来对它的态度了，从某个白马王子式的诗人到徐志摩甜腻腻的情诗，我曾经一看到它们就引起生理上的反应：头昏。但在这个奇怪的夜晚，子速成功地把我带到了这个境地，使我心扉敞开，开得无限大，我的少女时代从已逝的时光中徐徐降落，我一时不知道自己是回到了过去还是获得了再生。

子速是这个世界遗漏的一个人，他是唯一有可能向女人表达爱情而又不会把爱情搞得面目全非把女人吓跑的男人。

我不知道这一切是不是真的，或者仅仅只是一场幻觉。

在后来，很久以后，子速告诉我，在那次，在草原城市待的最后一个晚上他曾经做了一个梦，梦见他跟我到一个地方，那地方奇怪地有一幢木结构的房子，像在水里晃动，我坚持不让他进去，他在梦里就哭了起来。然后他到了邮局里，给我寄这次买的书，包括《基督的最后诱惑》等一大包，事实上我只买了两本书，他不知道为什么会有这么一大包书，邮局的人说这些书寄不了，他在梦里十分纳闷，弄不清楚是那个地方寄不到还是因为邮寄包装不合格，困惑着就醒了。

他说的这个梦使我对基本的事实有了一定的判断，我觉得那些像幻觉一样的事情可能是真实的。

从草原回来，当我跟子速联系上的时候，他离婚的事情已经迅速蔓延开了，他的哭声和啜泣淹没了一切。他坚决不同意，他抱着赴死的决心反抗这件事情。后来通过法院判决，他没有出庭。我对此感到十分困惑。

在他等候判决的日子里，我去看望他。对一个离婚的男人，什么礼物会使他获得安慰呢？如果他将要离婚，有一个女人在这个时候表示要嫁给他，是不是就会冲淡他的悲伤呢？

我认为这太符合逻辑了。

于是我去看他，并对他说我愿意嫁给他。

我肯定不是仅仅为了安慰子速才这样说的，长久以来，我一直想找到这样一个男人，我想许多像我这样具有小资情调的女人都有这种想法，我一方面不相信爱情，一方面又幻想这种稀世之物能像天上的馅饼一样掉到自己的头上来，这使我们四顾茫然，蹉跎岁月。我们总是失望，我们终于以为这样的男人绝了迹。现在天上终于掉下来一个人，这个人的声音如同阳光的碎片漫天飘洒，宛如另一个世界中的彩虹和大如拳头的星星，在这个我居住的城市的天空中熠熠生辉。我认定子速就是我想要的人，我想这个人就是天底下最有诗意、最深情、最有思想、最脱俗、最有勇气的男人，具有全部的美德，完美得无可挑剔。我这样想着的时候，天空中充满了纯净而优美的音响，湛蓝天幕的深处是子速那酷似基督的脸在隐约闪动，熟悉的街道、房屋和树木被我的眼睛镀上了一层明亮的光，新鲜、干净、富有质感、熠熠生辉，就像是质量上好的胶片放出来的电影风景。我情不自禁地微笑，我在心里说出了一些因为忘怀已久而变得陌生的美好的字眼。我听见这些声音裸露在空气中，幼稚、单纯，我不知道它是从哪里发出来的，是什么时候发出来的。它来自一个非常久远的时代吗？还是来自现在？它悬浮在那天的空气中，就像一颗晶体，阵阵散发着它那晶亮而芬芳的声音，直到它布满了所有的街道、房屋、树木，以及每一个行人（他们像在梦里似的被我赋予了一种柔和的笑意），以及全部的天空。它又像一只热气球将我悬挂着一直向上浮升，一直到最蓝的顶端，我的身体在这种想象中十分轻盈。

我就这样去找他。

我敲门。他看到我似乎愣了一下。我走进他的屋子,坐下来,然后郑重地说:子速,等你和甘颜办完手续,我愿意到你这里来。

这句性命攸关的话一说出来, 我立即发现有些感觉不对,它显得突兀、粗硬,与它所包含的爱意、家庭的温柔毫不相干,它所显示出来的丝毫不是柔情蜜意,而是一个长期缺乏爱情的女人丧失了爱情的表达能力,它变成了一种决一死战的带有争夺意味的东西,这是与爱情的气息相反的一股寒气,它沿着我的这句话徐徐步入了这间屋子,它们就像某些卡通片里形状虚幻的雾状人,面目模糊,而我的话则像无形的阶梯,使它们顺级而下。

这一切都让我感到了不祥。

子速说,我还没给你倒水,我先烧点开水。他到厨房点着火之后返回来, 我则像一个小学生寻求答案那样等着他回答。我想这种认真的毫无诗意的态度一定使他感到了压力与不安,这个女人为什么要把一件浪漫的事情变得如此尴尬呢?

我同样不知道。

晚霞、虹与星光的背景业已消失,那可能只是古典歌剧里的布景, 现在的舞台上只剩下两张毫无特色的现代钢木椅,我们在所有的商场、会议室、家庭都可以看到。有两个人坐在那上面,女人面无表情,她说出了一句平淡无奇的台词。

男人坐在另一张椅子上无言以对。一些反光的锡纸和镜子从各个方向将光线反射到台上男人和女人的脸上和身上,光线在强调他们的同时又造成了分割的效果。

当我回想起这一幕时,现代戏剧的手段总是跳出来扰乱和改变我的记忆,这个组接使我感到头昏。

我当时说:子速,等你跟甘颜办妥了手续,我愿意搬到你这里来。

他喝了一口茶,我开始有些明白,喝茶这个动作就是语言,这句语言既有复杂的难以言说的一面,也有简单明了一语道破的一面,这两种不同的东西奇怪地统一在这个动作中,它们互相的矛盾膨胀了这个动作,我现在在追忆这个动作时,它已完全不像当初的样子,它被它所包含的内容所强调(像被定格似的静止不动)、所重复,就像沃尔德所画的《回音》,子速手端茶杯神情复杂的姿势一次又一次地重复出现,这种视觉上的回音,连同他的那句话,直到现在还时断时续地漫溢出来,跳荡在我的眼前。

他说的那句话是:这事没那么简单。

他喝完了那口茶,他吞咽有些困难。他喝完了茶,音调很低地说:这事没那么简单。

我有些麻木地坐着。

然后我就明白了一切。几乎与此同时我发现我彻底变了,我以为我会有一种爆发,这种力量一直存在于我的记忆和想象中,许多年前那个为了爱情而痛不欲生的少女,十七岁的少女,这种力量流贯在她的胸腔中,一直蔓延至今。我一直以为这个少女就是我自己,我以为她存在于我的身体之中,跟随我一同长大,存在于她身上的力量同样存在于我的身上。

(就在那个时候,在子速的房间里我发现那个十七岁的少女已经离我远去,我的记忆已经是他人的记忆。)

我对子速说:对不起。

我说我要走了,以后也不会再来了。

子速完全没有思想准备,这种情况确实难以理喻,正如火焰顷刻间变成了冰。

事情确实就这样结束了。

在那个闷热的夏天过去不久,我听到了有关子速的传闻,说他的离婚案已经有了了结,法院判决离婚,孩子给了甘颜,子速作为被告没有出庭,判决是在被告缺席的情况下进行的。

这之后子速到了崩溃的边缘,他白天整日躺在床上,不出门,不接电话,在深夜,他骑着自行车满城乱走。有一次他终于出了车祸,但只压坏了自行车,没压坏人,子速只受了点轻伤。伤好后他就到一个中原小城出差,他就再也没有从那里回来。据说他曾在一家临河的路边小店住宿,当晚与一个拐卖妇女的团伙相遇,那两男一女把出来管闲事的子速打下了河里,天黑水深,子速没能爬上岸来。

这个消息并没有使我感到吃惊,类似的事情在子速的身上俯拾皆是,我曾经听他说过好几件,在他管闲事的时候那些无赖或者流氓或者歹徒或者正常人中的低质量者(低质量是子速常用的词,他常常原谅那些他认为低质量的人,他说如果我不原谅他们我就不是人了) 常常扬言要把他打残了,这时他总是往前站,他总是说:你们先打,你们打了我就不客气了,子速身材高大,目光如炬,整个形象充满了坚定的力度,他以前碰到的那些人在这个时候就害怕了,我不知道他们是害怕正义还是害怕子速有武功,总之几乎每次都没有真的出事,那些无赖或者散走或者忽然向他求饶,这使子速感到吃惊,他说这个人说他三十七岁了,插过队,有个五岁的孩子,老婆刚动完手术,长了瘤子,母亲有心脏病,他下了岗没工作,他说他一个劲儿向我求饶,我看着他,他跟我同龄,他一说他插过队,我马上觉得他的身后站着整整一代人,他们灰扑扑地站在那里,灰扑扑地看着我,我心里一下十分难受,我走出十几步就哭了。

从那时候起我就预感到,子速总有一天会碰到真正的歹徒,总有一天要出事。

不久后,子速居住的那片小区改造,他住过的那幢宿舍楼被夷为平地,有一天我路过了那幢楼的原址,它已经是一片废墟了。子速的痕迹荡然无存。

　　由于最后未能找到子速的遗体，所以关于他的下落还有另一种说法，有人说他伤好以后彻底改变了自己，他并没有到那座中原小城去，而是到南方沿海的开放城市去了。我不相信这种说法。

　　这一切混乱不堪。

第二部分
猜　　想

姚笠在这个闷热的夏季里以如此持久的热情追忆子速，这使我始料未及，我本以为子速只会在我的手稿中一闪而过，就像那些已经灭绝的红色蛙类，在这个异常的夏天某一晚上的电视中一闪而过，当姚笠爱上子速的时候我忽然意识到这个女人才是我钟爱的对象，她将在我以下的篇幅中占据主要位置。我意识到这点的时候才发现我的章节沿着子速下滑得太多了，他这个人太独特以至于太难把握，如同一种奇怪的气流掠过我的笔端，使我及我的文字失去控制而迷失在子速的身影中。

　　猜想姚笠是我这个夏季里的重要事情之一。她的面容在夏季蒸腾的气息中像任何事物一样呈现隐隐飘动的态势，她轻盈而飘忽，在我的小说和我的窗口自由往返，这是我在这个夏季里观察到的奇观。

　　对于一个陌生的女人，大多数人首先会产生的问题是：她多大年龄？她长得什么样？她结婚没有？不管男人还是女人，他们的问题将是一样的,这是一个根深蒂固的男权社会造就的问题,我对此束手无策。在对姚笠的猜想中,我将同样追随以上问题,古话说:顺天者逸,逆天者劳,在此我愿意当一名顺天者。

我猜想姚笠她不会太年轻,太年轻的女人总是难以向我们提供丰富的经历,若这样,在这部篇幅较长的小说里,我们就只会看到除了单纯得傻乎乎之外就再也没有别的东西,一览无余。就像一杯白开水,清而洁,泼在水泥地上,在夏季的太阳下几分钟就会消失,升腾的白汽再度隔离我们的视野,使一切物体飘动而虚幻。

她一定三十岁以上。也许三十三四岁,也许三十六七岁。她属于那种经历苦难也仍然年轻的女人,她把头向后梳起,露出光洁的额头,那上面没有一丝皱纹,这使我想起宋庆龄,宋的额头的光洁度一直保持到她的晚年,我相信这不是美容的结果而是遗传的结果。姚笠亦然。

年龄可以从经历来判断。1975年你在哪里?这样的问题可以轻而易举地推算出任何一个在这个年份在校读书的人的年龄,误差不会超过两岁。比如1975年我高中毕业和1975年我上小学三年级,这就是两个不同年龄段的人回答的问题。

但我现在并不知道姚笠在1975年在干什么,在什么地方,她在1975年的事情离这个猜想的夏季还十分遥远,1975

年的气流隐藏在我们目力所不达的地方,1975年,她可能曾经在一个我们日后到达的火车站里停留,她的气息就留在那张靠近窗口的椅子上,但我无法召唤它们。岁月是一道魔法,它只有在某个特定的时候才能解除。它也许会在另外一些地方渗漏出来,在夜晚,如同月光与夜气,它是一种衬托、一种外围、一种无言哼唱,浮动在小说之外。这使我心有所动。那个1975年的姚笠,她是孩子还是少女,她将以怎样的姿势浮现呢?

同时我想,这个女人的年龄肯定不是她所要刻意隐瞒的东西(她不是一名演员,她也不必做一个妓女,也不用依靠男人生活,在年龄的问题上她没有任何虚荣心),我们将在日后的相遇中无意地看到它,她后来的那些远离1975年的经历迈着错乱的步伐在这个夏季热气蒸腾的窗口外游走,我们不经意就会看到它。

姚笠的长相不好描述。她在不同的时期呈现不同的容貌,这当然不是指经过美容手术那样的一种改变,姚笠既不苍老也不需要改换容貌当间谍,我说的是指精神状态带来的那种感觉,即容光焕发一类,实际上我这里说的是一种比焕发要宽泛的东西,指不同的情绪状态下(如沉静、愉悦、忧郁等)所相应的脸部感觉,姚笠的这种感觉要比一般人的扩大好几倍,一般人在心情良好的时候只会使人感到气色好,比平时有魅力等等,但绝不会惊人,姚笠却会在状态良好的时候从一种平板木然的外貌飞脱出来变得判若两人。这中间的反差太大，使每一个认识她的人都会一愣，片刻之后才惊叹说：差点认不出来了！这个事实使我们难以判断、难以用一句话概括她的长相。而且这个女人在一天之中会呈现出不同的容貌，如果我们在同一天的白天和夜晚看到她，我们同样会满腹狐疑感到匪夷所思，我们不知道哪一个才是她真实的外壳，是白天在单位里的平板木然，还是在夜晚的别具特色。

　　不同的人看她会有不同的结论，一些人会觉得她平淡无奇，因为她不是太年轻也不是太修饰自己，同时她一点都不时髦，她从来不穿时装，而且喜欢一种既自然朴素同时又别于他人的衣服，这使她身上失去了许多外在发光的东西，这使一些觉得时髦就是美的眼睛看到的姚笠真是普通得很。而在另一些人眼里这个女人别有韵味，这个味很重要，需要品才能出来，就像茶一样，不会喝的人常常只觉得它苦。需要品的东西还有一层妙处，就是品的时间越长越感到好，历久弥香。据说有一段时间，够味是对一个女人的最高评价，我很欣赏这种说法，我认为这味里包含着性情、气韵等非物质的东西。

　　后来标准下滑，评价女人不再说"够味"，而是说"性感"。这个评价大大缩小了女人的美，仅仅变成了三围尺寸的评比，某某部位多凸出一厘米，某某部位少凹进去一厘米，这真是十足的对物对肉的评价，而不是对人的评价。"性感"的呼声削减了男人眼中女人的美，这是纯粹的男性目光。女人们不知道这个评价的实质就是把她们变成性对象，她们觉得性感就是最高的赞美，性感的女人在男人的目光和声音的海洋中得意忘形。

女人对女人的欣赏有时候（常常、总是）很不一致，我们总是没有我们自己的眼光，我们根据男人对女人的好恶来判断女人的美，我们常常不明白一个我们看起来不过如此的女人如何会使男人神魂颠倒（或大打出手、睡不着觉、或者自杀），时代发展到今天，我们忽然全都恍然大悟，凡是以上情况我们就明白这是性感的力量，说过某人性感之后我们才迷惘地互相询问：到底怎样才算是性感？

女人中没有人能作出权威的回答。

能够把男人和女人对女人的审美从词语的表面统一起来的唯有"够味"这个词。在这里我承认，美化女人是我的爱好之一，我总是情不自禁地热衷于此，回首我所发表过的一百万字的作品，我看到那就是一大片宽广的天鹅湖，在水和水生植物中间，美丽的女人像天鹅一样浮游其中，她们美得令人心疼，在幽暗的湖畔，在乌云密布的天空下，她们缺乏真正的保护。在我的文字之流中，脱落的羽毛比比皆是。我从来不丑化女人，这将使我付出真实与深刻的双重代价。我沿着片面的深渊飞快地下滑，我对自己笔下的女人的爱慕有多深，这个深渊的底部就有多深。

现在,我对姚笠的相貌已经有了一个大致的轮廓,我觉得她是那样一种类型的女人,她不具备在人多的场合引人注目、鹤立鸡群的漂亮,但是她一定有一种独特的美,那是一种缓慢散发的美,与怒放的、咄咄逼人的美有着根本的不同。当我张望窗口,我就会看到她的面孔,她的眼睛大而黑,虽然是单眼皮,但长在她的脸上却有一种完整感,这使我感到这种美比较大气,有时我暗中替她作一项割双眼皮的美容手术的设计,那种完整性被破坏的效果使我觉得自己是在耍一个恶作剧。她的嘴唇有些薄,唇形不够丰满,这种唇形虽不时髦,却给人一种干净的感觉。

可以肯定,姚笠并不是一个性感的女人,在下文里安说她性感完全是一种恭维,关于里安与姚笠的关系,下文将会详细出现。里安是一个随时准备恭维任何女人的人,这种恭维无伤大雅,反倒能活跃气氛,令女人一阵心跳。

从姚笠跟里安的关系看,我觉得她是一个离了婚的女人,并不是说一个置身于婚姻之中的女人不可能跟别人上床,这是很有可能的,某些妇女组织曾对此作过调查统计,虽然这种统计很不彻底,但它的百分比还是会使丈夫们胆战心惊。(不过据说现在的丈夫也已进步了,他们跟妻子各自拥有情人,互相充耳不闻,这是另外的话题。)离婚的人有一段时间像丧家之犬,姚笠当时就处于这样的阶段,身体和心都是一片空白,只一个"玫瑰"的音节就能长驱直入。

姚笠是一家报社的记者,这个职业给她提供了认识子速和里安的机会。这是一个在二十世纪九十年代大为走红的职业,数不清的报纸在一夜之间涌现出来,像空气一样飘荡到街头并停留在那里,这使更多的一些喜欢热闹者、热爱铅字者、好为人师者、好出风头者有了众多的栖身之地,大大小小的新闻发布会布满了京城,从钓鱼台国宾馆到人民大会堂,到星级宾馆和非星级宾馆的多功能厅,以及各单位经过装修的会议室,数额大小不等的红包以误餐费车马费的名目漫天飞舞,它们像大海一样淹没了真正的新闻。

　　姚笠所在的报纸在这种街头追逐中落了伍,从上到下收入清淡,人心涣散。领导终于意识到钱是一样很重要的东西,物价飞涨,没有钱大家都没心思上班,于是在报社组建了经济部,下设广告科和机动记者组,后者不归新闻部而归经济部,这也是二十世纪九十年代的奇观之一,目的在于让广告跟报告文学挂钩,这点大家已很明白,姚笠的职业虽是正经的新闻记者,但实质上是一名吹鼓手。机动记者组的好处是不用坐班,每个月交一篇吹捧某企业的广告性报告文学。姚笠发现这个活并不难干,像样点的企业总是养着精干的宣传科,他们备有成叠的宣传材料和精美的印刷品,只需用一些常见的华美词藻把它们穿插起来,然后冠以一个耸人听闻的标题,"鲲鹏展翅九万里"、"大风起兮云飞扬"之类,总能一举赢得厂方的欢心。

我看到姚笠的文字像一股摇摇摆摆的风将支票吹得刮刮响,这种小小的纸片从霓虹灯、股票、写字楼的缝隙中逶迤而来,令大家发出愉快的微笑。这也许是一项美好的公益事业。事实上,姚笠从不与厂方有任何瓜葛,那是公关部门的事,她只负责写,他们让她写谁她就写谁让她写多少她就写多少。这使我觉得有必要让姚笠买一台电脑,坐在沙滩大院的斗室里打电脑的形象是姚笠最惯常的形象,这种时候如果我越过窗口看到她,总是看到她桌上堆着一堆材料,她紧皱眉头,呵欠连天,这是她最缺少光彩的时刻。

作出这一选择的最初时光,姚笠心里常常默念着一句口号:不自由,毋宁死!我觉得姚笠正是这样一个个人主义者,她笔下的报告文学对我们的社会我们的民族有什么危害她一概不管,她只对自己的自由负责。她的自由体现在一个月花一个星期的时间写一篇报告文学,剩下的三个星期没人管。后来终于有一天,她发现物价实在是太高了,她一个月的工资半个月花还是有些紧张,并且她在报上看到,通货膨胀的指数将要达到历史最高点,姚笠无端感到了恐慌,少年时代饥饿的感觉像铺天盖地的蝗虫一样袭来,它们啮噬着她的心,她的眼前顷刻浮起了一片大水,那是远年 B 镇的大水和当下梧州的大水,这两种大水连成一片,从夜晚电视新闻里漫溢出来,充满了姚笠的整个夜晚和白天。在大水中,成片的水稻伏地而泣,身上布满了黄色的泥浆,它们再也没有力量站起来了,它们再也没有力量长出稻米来了。

稻米的危机压迫着姚笠这个南方的孩子,幼年期的饥饿使她夸大了这种危机,她莫名地到处打听米价,打听的结果使她产生了一种奇怪的念头:买几袋大米存起来。

就是这个时候,出版社的一个朋友替姚笠揽着了一件好事。一位原名李阿狗现名李安苟的乡镇企业家做大理石生意发了大财,想要流芳后世,光耀子孙,对只在报上扬名不满足,希望有一本书作传。这是一个有了钱什么都能做到的时代,李大款的念头刚一闪现,就被姚笠的朋友的朋友的朋友捕捉到了,并以最快的速度与出版社挂上了钩,出版社得到了一笔赞助,该朋友得到了一笔不错的回扣,姚笠作为李大款传记的撰稿人,也在合同上看到了房子和汽车影影绰绰的姿容,按照国家折价卖公房的标准价每平方米四百五十元以及商品信息报所透露的五千元就能买到一辆汽车(一种国产的,外号称"甲壳虫"或"蚊子"之类,只能坐两个大人和一个小孩子的车)的可喜信息,"李大款传"二十万字一经交出,就能到手一笔可同时买到房子和汽车的数量可观的稿费。这事姚笠犹豫了一个晚上之后终于经不起诱惑,接下了这一为乡镇企业家李安苟撰写二十万字传记的活。

姚笠意识到这是向堕落迈出了重要的一步,虽然在此之前她已经写过不少广告性报告文学,但那是职业的要求,她向来能够麻木地接受职业的虐待,很早她就知道,人生在世,无论得意还是失意,一定要忍受一个职业,否则后患无穷。李传是她首次选择的一件自己不愿意干的事。

为了使自己心理平衡,在那些烦躁不安的夜里姚笠挖空心思为自己找出了一些已故大作家的榜样,并分行排列如下:

乔治·拜伦说:钱就是权利和享受。

维克多·雨果说:我希望一年挣上一万五千法郎,并把它们都花光。

简·奥斯丁说:……现在我已经靠写作挣到了二百五十英镑——这只能使我渴望挣更多的钱。

1925 年诺贝尔奖金获得者萧伯纳自豪地称自己是当代最优秀的"贩卖惹人欢笑或落泪的情节的商人"之一。

杰克·伦敦在《我的生活观》中说:普天之下无一不是商品。每一个人都既是买主又是卖主。他称自己是一个"贩卖脑力的商人"。

欧内斯特·海明威:经济上的保障由于使你免于忧虑而成为一个巨大的帮助。

弗吉尼亚·伍尔芙:只有智力自由才能产生伟大的作品,而"智力自由全靠物质环境"。

美国文学史家马尔科姆·考利：艺术的宗教绝不是穷人的宗教，寻求绝对的美学的那些人必须有一定程度的经济自由。

以上材料来自一篇博士论文，这篇论文登载在一家严肃的报纸上，题为《金钱与艺术：市场中的欧美作家》，意思是不要把金钱与艺术对立起来，这样的文章给正在金钱与艺术之间痛苦地徘徊的写作者带来了福音，提供了榜样，指明了方向，它的光芒正如北斗星之于红军。

这篇论文及时地降临在姚笠的面前，使她欢喜若狂，她把报纸剪贴整理观赏一番之后就安心地坐在书桌前准备写作了，这时她才发现这李传实在是世界上最难写的东西，她手上只有一份万把字的文字材料，除此之外一无激情二无兴趣，她冥思苦想也不知道怎样才能将这一万字铺衍成二十万，这需要从一滴水见大海、一颗灰尘见宇宙的功夫。

在那些搜肠刮肚的夜晚，姚笠阅读了大量人物传记，试图从中找出能用于李大款身上的东西。她阅读过的传记从《渴望生活——凡·高传》《生命的激情——弗洛伊德传》到《唐才子传》《海上花列传》，共十四种。姚笠越看越觉得李传难写。

姚笠便托中间人向李大款转达了她的愿望：由李大款出资让她到那个南方小镇实地考察一番，据中间人说此议被李大款坚决否定了。这使姚笠在霎时间想到这李大款是不是一个民愤极大的坑蒙拐骗之徒，朋友说既然有三家大报都发了他的报道，其人的操行就不用管了，何况不署真名。这极大地提醒了姚笠，不署真名就可以随便写，也就是说，隐名埋姓干一件坏事（此事的好坏日后再作评价），姚笠忽然觉得，隐名埋姓和干坏事都是有趣的事情。她重新稳住了自己。

在这个闷热的夏天开始的时候，姚笠干的就是这样一件事情。这件事掩埋了她的面目，使她的身影变得有些模糊不清，她的举止动作也变得有些反常，在这个夏天，她的脖子上还长出了一种红色的皮疹，久治不愈。

在本书中姚笠作为一个有婚史的独身女人穿行在我的文字间，因此一个重要的问题是我将让她在男性面前担负什么角色呢？恋人？情妇？或者是为家庭所准备的未来的老婆？这是我长久以来无法解决的一个问题。

在我对姚笠的观望中，我隐约觉得我的女主人公似乎不能胜任以上所列的三种角色，那么在我们现存的这个男性社会里，一个不能当恋人、不能当情妇、不能当老婆的人是谁呢？当恋人需要热情和浪漫，当情妇需要性感的外形和旺盛的性欲，当老婆则需要贤惠和勤劳，这是不言而喻的。但是姚笠并不具备这三个方面的素质，她热爱写作和书本，喜欢自由、喜欢散漫，她缺乏讨好男人的热情与技巧，在姚笠对子速的爱情表达中,她的失败使我感到技巧是很重要的。

当恋人除了一往情深之外绝对还要情趣盎然(如同春意盎然一样开满了各色花朵)、花样百出、柔肠寸断,少了这些东西就不能当一个合格的恋人,其中花样一项就是技巧,技巧是一种风,将爱情越扇越旺,但是风怎么能跟真正的爱情相提并论呢,那些假装的恼怒、刻意制造的误会、冷淡和妒嫉,我常常在它们中间看到一个技术高超的杂技演员。这是天生的,有些人学不会。

我对技巧的反感波及了我的写作以及做人的各方面,现在我认识到在生活中缺乏技巧是很吃亏的,这甚至会使生活变成另一个我们不希望的样子,比如我们对某人怀有友情,但我们深藏不露,或者没有在恰当的时机以恰当的方式适度地表现出来(这就是技巧)。

技巧是一种表现力,它可以将一件事放大也可以将同一件事缩小,它是决定真相者,在这个世界上真相是没有的,只有对它的表达,表达大于一切,此时此刻,我终于意识到了技巧的重要性,同时我也意识到了为时已晚,这包含了两方面的意思,一是我已经毫无技巧地干完了我前半生中所有的重要事情,再一是即使在后半生尚有需要技巧之处,再去练习也已经晚了。这使我有些悲哀,我想到做一个恋人技巧比真情更重要的事实,一个恋人柔肠寸断,关键就在于此,柔肠寸断在绝大多数情况下是很难看的,因伤心而睡眠不足、眼圈发青、眼皮浮肿、夜晚独自哭泣，面容憔悴，总之伤心的程度与难看的程度恰成正比，越是情到深处人越是憔悴。或者是虽有一腔柔情，却不会忸怩作态地表达出来，脸上总是一派严肃，这样的恋人肯定是要把人吓退的。

一个既不能当恋人、又不能当情妇、也不能当老婆的人是谁呢?除此之外她能当什么呢?

这是一个我感到痛心的问题。

这个问题像一个阴险的人脸贴在我的窗玻璃上，它的眉眼模糊，鼻子在玻璃交接处压成一小块像一分钱硬币那样大小的平面，冰冷、坚硬，发出暗白的幽光，恰似一只怪异的独眼盯住我。我意识到这句追问与我有极大的关系。这张窗玻璃外的模糊人脸顷刻移动起来，沿着我四周的墙壁从容地漂移，它像被无数镜子所折光，我看到每面墙壁都有许多只这种像硬币般冰冷坚硬、闪着暗白幽光的独眼，它们布满了整个房间。这种感觉使我想起"千夫所指"和"千目所视"。我相信，目光这种物质的能量是很大的，当它覆盖了一个空间，当它集束到一个人的身上，这个人一定会被击中。

关于姚笠的短暂婚姻，据说是报社的一大奇观，在传说中既像悲剧，又像喜剧，或者说它的本质是一个悲剧，它的过程却像一个喜剧。姚笠的前夫是新闻圈里小有名气的摄影记者，姓何，比姚笠大九岁。关于姚笠与何在婚后一周即离婚的原因，在传说中有三种说法，一说是姚笠是个同性恋者;一说是何才是；再一说姚笠从前的恋人恰是何的仇人，姚笠不光跟他同居过一段，而且还人流过一个孩子，婚前何不知道那人是谁就没太在意。

这三种说法自从汇聚到一起就牢牢地黏合起来了，它们同进同出，不分彼此，不分先后，它们隐藏在一些人的脑子里，在闲聊的时刻，它们就从人的牙齿之间跑出来，再进入另一些人的脑子。它们在这些黑暗的像猪大肠盘在一起的脑子里穿来荡去，身上沾满了不知从何而来的灰尘，使它们变得越来越不像原来的样子。

姚笠性情孤僻，在单位没有朋友，每个月除了到单位交一次稿子和领一次工资外，其余时间不见踪影，谁也不知道她去了哪里，跟什么人在一起，在干什么。这使她笼罩上了一层神秘色彩。她从不到各个部门串门，我们在谈论时装臧否名人议论女性的时候她从来不在外围停下来，她在我们的边缘行走犹如给我们谈论的热烈火焰掠过一阵凉风，这使我们心有不快，我们认定这个不跟我们打成一片的女人是一个异类，她无形之中就被我们开除了，把她开除之后我们在背后议论她得到了加倍的方便和快感，使我们感到美中不足的是没有人把我们的议论转告给她以引起她的愤怒，让她哭，看不到这些我们十分失落，就像穿上了一流的时装没有人欣赏一样丧气。

对异类我们总是心怀恶意，我们恶意地设想姚笠在离婚后有若干个情人，情人们个个有老婆有孩子。他们没有一个愿意为她离婚，他们白白地享受着她，让她在报上为他们扬名（我们认为采访是她得以结识男人的主要途径），同时他们个个都是吝啬鬼，总是在她独居的小屋泡到吃饭的时间然后拍拍屁股就走，从来不请她吃饭，也不给她买东西，而且在周六和周日这些要命的日子他们总是不能来陪她，他们找出种种借口，有时则不用任何借口就不来，她形影相吊，独自哭泣，最后她忍不住到公用电话亭拨通了某情人家里的电话，结果总是情人的老婆接电话。

（我们觉得这个平常的细节很有趣，总是不厌其烦重复它。）

就这样，情人的老婆孩子毫发未损，茁壮成长，姚笠婚姻无望、红颜渐消。对于异类，我们天生是要扔石子的，我们缺乏伟大而深刻的仇恨（仇恨正是一种激情），有的全是平庸的敌意，以及由此而衍生的小气的伎俩。扔石子不会伤人皮肉，甚至也不能把人打痛，它跟唾液一样没有杀伤力，它对人的伤害是另一种伤害，它反复提醒你，你就是那个我们要污辱的人，你想藏在人群中，你想躲起来，没那么容易。我们背后的议论、衷心的设想全都是这样一种扔向姚笠的小石子，像沙子一样琐屑，又像沙子一样众多。

我们接着设想姚笠的情人奇丑无比，特别矮，是个秃头，年纪大得可以当她的父亲，这个秃子必须把一侧的头发小心地梳到另一边才能勉强遮住发亮的脑袋,姚笠就是跟这样一颗滑稽的脑袋接吻吗?她依偎在这颗经过特殊处理的脑袋的下面,如果有风吹来(电风扇也行),将要呈现一个怎样的奇观?这个话题使我们双目明亮,我们看到情人的头发总是被高高吹起,然后从一旁的耳朵滑下来,一直垂到肩头。还有一种情况也会使他这样,当他激烈运动的时候(什么性质的激烈运动我们心照不宣)这绺边缘的头发一定会滑稽地拂动在姚笠的脸上。

这使我们心生快意。

在这个场面之上,另一个场面鲜明地浮现出来,使我凝视良久。灯光熄灭,一片黑暗,台阶上次第坐着沉默的人,他们在我的视野里是一些黢黢鬼魅似的人影。忽然每个人的脸上聚集了一团突兀的亮光,我发现每个人的手里拿着一把电筒,他们把电筒对着自己的脸,我看到在一片阴险的黑暗中悬浮着一排排怪异而狰狞的人脸(人脸这种东西本来再正常不过,芸芸众生就由它们组成,它们像泥土一样众多、随处可见、毫不起眼,只要还有一口气就会看到它们。它们在正常的光线下使我们习以为常,我们从未看到它们被单独地分离出来,被黄色的光线所强调,没有头发和耳朵,下巴和额头也被虚化了,人脸在黑暗中被孤零零地再现,使我们悚然心惊),这不像是人身上长出来的人脸,而像是鬼魅之脸,那光也不像是电筒发出来的,更像是鬼魂的阴气将本该均匀地分布的光线各自吸附到自己脸上,就像磁铁吸附铁屑一样。

这些分布在舞台上的怪异人脸顷刻间消失了,他们手中的电筒从脸上移到了舞台的中央,失贞的少女葛莱卿,被无数的光线所击中,黑暗中乱光四射,将少女葛莱卿分割成无数变化着的碎片,她被电筒的光照射得疼痛而扭曲。

光的能量就是这样暴露在我的眼前的。

所有看过林兆华导演的话剧《浮士德》的人都会知道这个场面来自何处,这个场面也将悬浮在姚笠的眼前。

——

第三部分

玫瑰的音节

——

———

　　二手货电脑总是给我一种危在旦夕的感觉，现在它终于坏了，这使我万念俱灰，这件区区小事使我在整整几天里烦躁、孤独、绝望，关于活着的意义这样的问题像气泡一样冒了出来。这个话题对二十世纪九十年代来说确实已经陈旧不堪了，只有子速才会对它感兴趣。子速和红色的蛙类都已经消失，我也已完全习惯于不再思考这类问题，它是我们生活的暗礁，我们必须绕过它才能前行。

　　对于电脑，从一开始我就没有信任过，我三心两意地以最便宜的价格买了一台别人淘汰下来的 PC 机，开始时启动总是不好，经常不出现那表示正常良好的"滴"的一声，随时都可能死机。后来努力克服错误，死机的频率由一天数次减少到几天一次，但对死机的恐惧已经深入到我的骨髓，我无比害怕我的文字一下子消失得无影无踪，以至于后来我对已经稳稳地存进硬盘的事实也不能确认，只有把它们印在纸上，随时能看得见摸得着才安心。这样我便常常需要把软盘拿出去打印，我不能让单位的人知道李大款的事，便只能求朋友帮忙，这事我总是不能从容对待，我嫉妒那些热情开朗、指使别人帮自己忙就像当妈的指使自己的儿子的女人，在我的二手货电脑使用两年以来，打印的尴尬俯拾皆是。每当我要去打印的前几天，我总感到面临的压力，这种压力来自我内心的深处，它们均匀而有力地扩散到我身体的各个部位，使我坐卧不安。这跟我面临任何一个难关一样，我总是夸张地把它们看成是万丈深渊，真正伤害我的其实是我自己内心的压力，而过程，总会随着时间的推动而最终滑过。

当我能够以每小时五六百字的速度使用电脑的时候我发现它的噪音比我原来听到的要大得多，是鼓风机发出的那种"呼呼"的声音，它不但严重地影响着我的思路，还使我产生出一种随时都有可能与它同归于尽的恐惧感。噪音的出现被我认为是电脑爆炸的先兆，尽管目前为止我还没有看到任何有关电脑爆炸的报道，也没有听说过，但那种此起彼伏的紧张使我在臆想中不止一次地感到了爆炸的碎片、热量及火光。突如其来的碎片像密集的箭镞击中我右边的脸颊，火球扑到头上，顷刻点着了我满头浓黑的长发，火焰在我的头顶噼啪作响，烧焦的气味和浓烟把我紧紧裹住，一股巨大的气浪连同一声轰鸣把我送上机器的上空（即天花板），请想象我国第一颗原子弹试爆成功的场面吧，那个辉煌的场面多次在电视里出现，灰而厚的蘑菇云在亮晶晶的蓝天下腾空而起，美丽而安详，在我臆想的电脑爆炸事件中，我的房间上空就升起了这样一朵形状近似的蘑菇云，它的中心裹挟了我的躯体，使它的颜色不是那种纯粹的灰色，我穿的是红色的衣服，我想这朵蘑菇云的颜色一定是落日时分的乌云的那种颜色，灰中透出一抹淡红，美丽得令人心碎。

　　虽然我把想象中的爆炸变成文字的时候不由自主地美化了它（这是我的顽疾之一，我不由自主地美化经过我的笔端的事物，以便让自己接受它们，这是我生存的需要，正如某种理想之于某种社会制度），但是我的恐惧还是未能因此而消失。我想我并不是一个胆小鬼，回想我童年时代的漫漫长夜我觉得已经可以把我的胆量磨炼得可以当一名间谍了，有一次我的女友李莴说：姚笠，你是一个天生的间谍材料。李莴是一个具有超常直觉能力的女人，她的话一直留在我的心里，挥之不去，我不知道对此该持何种态度。间谍的素质是什么？意志坚定、性格坚韧、感情冷酷、头脑冷静，据说这些都是未来人类的特征，以及我们人类目前所能想出来的外星人的特征，其核心就是没有感情。要在二十世纪九十年代生存下来，这也许是至关重要的。

　　这使我再次想到了电视剧《过把瘾》中的台词，贾玲对王志文说：其实我一直喜欢你。王志文有些意外地看她一眼，她马上说：要是你觉得"喜欢"这个词太重的话，那我换个说法，我对你一直有好感。

我认为这段台词精辟之至,由爱到喜欢,再到有好感,感情的浓度节节败退。心里即使有浓热的感情,也要冲淡了再表现出来才自然,才不至于把对方吓跑。何况心里已经没有那么古典的爱情了,整个二十世纪九十年代,也许就只有喜欢和好感,一切都表面化了,不再深入骨髓了。

　　回首我的感情生活,被称为爱情的那种东西犹如夜空中的焰火,倏然而过,短暂而零碎,就像是心造的幻影。许多事情已经不想追忆了,自从子速在这个世界消失,我变得更加心如止水,这使我得到休养生息,情感消耗几乎等于零,看起来也比同龄人显得年轻一些,日常除了看看闲书写点自己也不喜欢的文字就到图书馆找李芮,她常常能使我产生一种进入另一个世界的体验。

　　这种状态一直维持到我遇到里安。那时候我的精神状态和身体状态都不错,也许不是碰到里安也会碰到别人。那天他在为时一个小时的采访中双目晶亮地看着我,他在那个小时唯一说了三次的话就是:你真年轻啊! 他由衷地说道。我不知道这句话的潜台词是什么,提供了何种诱惑的信息和发展的前景,我从他的眼神里感到这不是一句简单的评价,欲望的气息渐渐地在我周围罩上了一个空间,这个空间在我们两个人中推进。他穿着一件水洗真丝夹克,我一进门首先看到的就是这件衣服,我跟所有的女人一样总是首先注意衣服其次才看到人,我们握了一下手,松开手后他还盯着我看,然后他就说:你很年轻啊!我坐下后他再次强调说:你真年轻。这两句相同的话相隔的时间是这么短,使我一下就感觉到了它们的关系,再现、呼应、强调,底片与正片,叶子的正面与反面,水珠从出现到滴下来。我事后觉得这句话像一个夹心面包,它的中间肯定夹了一些东西,这些被夹住的看不见的东西是什么呢?直到后来,当我们的关系水落石出真相大白时,他说的第一句话就是:姚笠,我们第一次见面是在夏天,你给我的感觉是十分性感,当时我就想把你强暴了。

性感这个词使姚笠脸色飞红,面若桃花,在做爱之后尚未消退的性红晕上增添了一层动人无比的鲜艳色泽,如同霞光在水面上颤动,或月光洒在露珠上,它比月光和晚霞更有力量,它被男人说出的同时就直抵它的对象。女人在包含这个词的空气中,就像赤身裸体在水里,水的波纹一波一波推向全身的皮肤,触碰、抚摸、轻若风吹的撞击,以及最后无所不在的包裹。这种通过空气而抵达的感觉如同真正的触摸,使那个已经获得满足的女人身体深处再次潮涌。

这个词也许在二十世纪九十年代是一个比"美丽""漂亮"更为动人的、更有价值的词,美丽和漂亮在这个时代都让人感到苍白无力,唯有性感,才携带着光和色、力量与潮涌,才能使人兴奋和刺激。姚笠三十多岁,具有这个年龄的人所共有的保守心理,她从来不知道自己是不是性感,当然这并不是女性自身所能判断得了的,这是她第一次从男人口中听说自己性感,这之于她犹如晴天霹雳之后突然出现了一道彩虹,她顿时处在幽蓝的天空下,虹在她的眼前散发着魅惑的气息,湿润的水汽从彩虹的身上到达她,一棵造型完美的树在虹的前侧,在天光下它满树的叶子闪闪发亮,给人一种无限的惊喜,姚笠经由性感这个词看到了一幅美妙绝伦的图画,那个词是桥梁、运载器,它载上姚笠,如同神话里的飞毯,瞬间从此地到彼地,从现实到超现实,从物质到精神,这是一个奇怪的转换,性感本是一个最最物质最最俗气的词,最最没有诗意的东西,经由它带领,却能步入美妙的境地。

姚笠在后来的整整一个星期里,总是怀着新鲜之感回想这句话,这句话在她面前展开了一片新的大陆,又如同一束光,照亮了暧昧不清的地方。姚笠就是从这个时候开始注意内衣的式样的。这个从办公室里的采访到床上的阶段跨越了三个季节,从夏季到秋季,到冬季,直到冬季将尽的三月(事实上春天已经来了,但天还冷,天冷在感觉上就是冬季)才完成质的一跃。我跟他说话的时候办公室的外面有人在大声说着"玫瑰""玫瑰",我们停了下来,室内一时很安静,我不记得那句蕴含了几个玫瑰音节的话是什么了,也许我当时就没有辨认出来,现在我也无法判断那个人为什么要连声高喊玫瑰这个词,是园子里的玫瑰花开了,还是有一幅名叫《玫瑰》的油画要从什么地方抬起来?那幅假想的油画在不够宽的走廊里前行,玫瑰的音节就像某种特殊的风吹动着风铃,发出隐秘的叮当之声,它的气味与色彩也随之降临,在那一刻到达了我的心。

里安是当时火暴一时的电视连续剧的编剧之一,操作这出剧的大腕要炒红该剧的编、导、演,大概给我们的头儿塞了钱,我就被派去采访里安。里安当时已有了艾影,这是一个既美丽又神秘同时才华横溢的女人,她横亘在我和里安之间。关于艾影我将要在下面提到,那将是一个精彩的章节。我在里安的单位采访他的时候并不知道她,她的身影时隐时现,越来越清晰,最后我在他们家的卧室里看到了挂在墙上的她的照片。

初次跟里安见面的时候我注意到他的窗外有一株在盛夏里枝繁叶茂的丁香树,走廊里传来玫瑰的音节,窗外是一片夏日的明亮,走廊那边则幽暗暧昧,玫瑰的音节正是从那边传来的,在那个夏天的上午,蓬勃的丁香与玄妙的玫瑰(它仅仅是一个音节)、明亮的窗外与幽暗的走廊,这是注入我的感观的两组对比强烈的景象,它们同时注入我的内心,把这个上午搞得纷繁绚丽,犹如一场手法独特的电影,在看过之后的许多日子里,其中的镜头会随时随地飘然而至,又像一幅绘画或者摄影,一半明媚,一半幽暗,我出神的时候就是在心里凝视它。

在这个背景中出现的就是里安，但是我对他的凝视总是不能全神贯注，他的身边常常飘动着一个女性的影子，她美丽多变，时而长发垂肩，时而半秃着头，她既古典又新锐，融合了两种极端的美，她的身材有时瘦削充满灵气，有时又丰满得性感逼人。我不能判断哪一个是她的真实影像，但我知道她是谁。

我至今一次都没有见过艾影本人，不过我在里安的家里（里安以各种理由邀请我，我则以同样的理由回应他的邀请）的客厅里看到了他们的婚照，那是一幅最世俗的结婚照，艾影穿着一身洁白的婚纱（各种照相馆橱窗里"出租婚纱"的字样使我感到许多别的女人肉体的气息，更确切地说，是汗味，这是令人难以忍受的），里安穿着一本正经的深色西服，样子滑稽，手里拿着一束鲜红的玫瑰，神情严肃得像日本的军曹。我不明白艾影为什么要拍这样一张相。我期待中的艾影是不应该披婚纱的，婚纱是世俗的象征，跟新潮女作家的名分很不相称。

许多个月过去之后，我知道了艾影婚后仍住娘家，她母亲是一名具有小资情调的高干夫人，是她父亲的第二或第三任妻子，艾影常常回到那幢空楼里。后来我进入了他们的卧室，在那里，我看到了艾影披着白纱照的另一幅照片，这是一张单人照，虽然穿的是同一件婚纱，但却给了我完全不同的感受。单人的披纱照显得高洁神秘，白色的披纱也显得异常的洁净妥帖,不像我一开始时在客厅看到的婚纱显得脏而世俗。我隐隐觉得,这是一个适合独处的女人。

艾影对于我,就像电影《蝴蝶梦》里的吕蓓卡,她自始至终都没有出现。她的卧室,她写信的桌子,她宽大的睡衣,口袋里遗留的手绢上绣着的字母R,以及口红的印痕,我是多么希望看到她出现,我多次去看这部片子就是希望看到一个有吕蓓卡本人出现的闪回镜头,影片中总是不停地提到她,以至于我总是以为下一个镜头就会有她了,这种期待伴随到终场(到了终场惘然若失,仍不死心,到下一次再次期待)。我在里安的门厅里准备换鞋的时候艾影的悬念就出现了,我说我先换鞋,里安一指鞋架,我看到上面有两双男式拖鞋,看起来不大舒适,我犹豫间里安略一迟疑又说:要不你穿这双吧,他从底架拿一双女式绒布拖鞋,浅紫与深紫双色组成的细格子,镶着灰色的镶边,既秀丽别致又干净利落,就像我想象中的艾影本人。

我穿着这双拖鞋在里安的家里走来走去,在里安家的行为使我自己有些吃惊,我不是一个患有好动症的人,我所受到的教育和我的内在原则都不会导致这种失常,在别人的家里我常常沉默,尽量少说话,根本不可能随便走动,但我的一贯作风从一站在里安的家门口起就不知道被什么打破了,我隔着防盗门的铁条望着里安,我忽然感到,我是那么想他,而他一点也没有让我失望,他站在屋里隔着铁条望着我,我们看了一会，就像一对真正的恋人。事实上到当时为止，我们只是一种业务性的接触。

他说：你这么晚才到，我以为你走丢了。

我站在门口隔着铁条，一时感到这句话是多么意味深长，充满了弦外之音和一片深情，它犹如一根平常的枝条插进我的心里，抽出来时缀满了闪闪发亮的晶体(这些晶体也许正是来自我的心)，它们被他房间里的光线所照亮，像钻石一样炫目，晶体们互相碰撞着，发出风铃般悦耳晶莹的声音。

里安住着一室一厅，厅里放着饭桌，显得拥挤，里安迟疑了片刻说，如果你不介意，我们就坐到卧室去，那里有沙发。他们的大床靠近窗户，淡色花纹的床罩没有给我强烈的感受以及引起嫉妒的联想，所以我一点都没觉得自己侵入了艾影和里安的私人领地。进入别人的卧室有时会像电影中间谍进入密室偷拍机密文件的场面，灯光转暗，伴以紧张得灵魂出窍的音乐，让观众把心提到嗓子眼，随时都会发出一声尖叫。这种紧张实在是太刺激了。后来在三个漫长的季节过去后，我到了他们的床上，躺在他们的床上不停地说：她突然回来怎么办？

我们在卧室的沙发上坐了一会，里安说他有一个带子《布拉格之恋》，我雀跃一番，表示了最大的热情。在里安找带子的时候，我在他们的卧室溜达片刻，我就是在这个时候看到了艾影的婚纱照的。后来我每次来到这里都要向它看上几眼，里安对此视而不见，他从不凑上来跟我介绍一番。我指望能从照片上发现艾影的其他，但我最终发现这是徒劳的。

与我看《布拉格之恋》的踊跃相比，我同样高兴地看到里安的录像机坏了，我看过原著，里面的性描写比比皆是，犹如五月的天空下热烈盛开的石榴花，一男一女在卧室里看这种录像会导致什么结局不难想象。我微笑地看着里安，他也许觉得录像机坏了不是别的原因，正是因为我的恶作剧。

我希望我们坐在卧室幽暗的光线下谈艺术，这是知识女性的通病，她们喜欢幻想讲究情调，她们沉浸在这些虚无缥缈的事物中，因而性欲消退，在绝大多数的时间里，对男性的欲望只限于拥抱和亲吻。尽管室内的光线和窗帘的飘动适合谈论怀斯，为了充满力度我打算抛出达利，但事实上当我就要脱口说出达利的时候，我忽然想起了玛丽·布拉克芒，这是一位被定义为"伟大的印象派女画家"，同时又是一位正在被时间遗忘的画家，她长久地被专制的丈夫囚禁在画室里，她的作品只有四件公之于世，后来她为了家庭的和睦，完全放弃了绘画。想到她我马上沉静了下来，我内心总是潜伏着一股谈论女人的欲望，既美丽天才又生活不幸的女人是我的宝贝，想到她们我马上感到里安不是适合跟我谈论这个话题的人，任何男人都不适合，他们跟我们是两类人，正因为如此，女性的才华和价值总是一再受到贬损，想要在这个男性社会里干出名堂的女性，想要独立，想要跟男人并驾齐驱，甚至走在男人前面的女性总是加倍的不幸。

在里安的卧室里我心里揪痛着想起了法国天才的女雕塑家卡米尔·克洛岱尔，青春美貌的卡米尔披着她那洁白柔软的长袍轻盈地在里安的阳台上走过，阳光在她金色卷曲的头发上勾出一道灿烂的金色镶边，这道金边沿着她的额头、鼻梁、嘴唇一直延伸到她的肩头，低回华美的女声哼唱从那道金色镶边上滑来，它们带着令人心痛的往事在弦乐上滑动，孤零零地在许多年以后的一个中国女人的视野里。有一个夜晚的镜头(电视剧?电影?)覆盖了那道金色的镶边，穿着一袭粗布的中年卡米尔手握石头，向一扇散发着家庭幸福灯光的窗口奋力掷去，我听见玻璃碎裂的声音从将近一个世纪之前的那个异国的春夜传来，我真愿意自己就是那块石头，替不愿意继续当罗丹情妇而穷困潦倒的卡米尔一泄孤愤。我再次仇恨罗丹，为了他的名声不受"玷污"，人们把卡米尔软禁在疯人院里，让她在那里活尸般地活着，正是因为罗丹，她被人称做"母狗"、"女妖精"、"狐媚子"，是罗丹使她永远没有丈夫、家庭和孩子，使她如果不离开他就只能永远在他的荫庇下做他的学生、情妇和"灵感的启示者"。

我真想学董存瑞扛上炸药包到正在展出(假设它正在展出)的"罗丹艺术展"的中国美术馆把罗丹的雕塑炸个稀巴烂，我认为这件事实施起来并不太难，现在距离董存瑞的时候已经过去了半个世纪，在高科技的二十世纪九十年代，炸药的体积一定用不了一大包，若能弄得到高强度的炸药，放在化妆盒里就可以了。甚至用不着进大厅，他的《思想者》就放置在美术馆门前的空地上，没有大铁门隔着，只有低矮的铁栏杆，《思想者》直接裸露在空气中，面对着大街上川流的人们展现着罗丹先生的倨傲。我将在夜色苍茫行人稀少时分（深夜的时候我一个人在栅栏前更容易引起值班者的注意），或者更早些，在美术馆清场之前，我怀揣装有高强度炸药的化妆盒，我装成照镜子与情人相会，这时我掏出一包坤烟和打火机，当然，最后我就是用点着的香烟来点着化妆盒里那根细如发丝的导火索的。之后我迅速撤离现场，就像富有经验的战士，飞快跑到馆前一侧的树林里，我听见背后发出一声震耳欲聋的巨响，地上微微震颤了几下，我回过头，看到火光在罗丹先生的杰作上随风舞蹈，一朵庞大的黑色蘑菇云从《思想者》的头顶升起，我感到无比畅快。卡米尔·克洛岱尔于1943年秋在巴黎远郊蒙特维尔格疯人院离世，整整半个世纪后，一个中国的女子捍卫了她的尊严，报了她的深仇大恨，这几乎成为该年度最轰动的新闻之一。当然，若罗丹先生还在世，我一定不会撤离现场，我将像那名刺杀印度总理拉·甘地的女人一样，在献花的时候引爆炸药，我也随之粉身碎骨。

仇恨就是我们的激情。

当然，以上的思路都是我在后来的日子里想到的，在漫长而炎热的夏季，只有最极端最缺少理性的想法才能刺激我麻木的头脑。当时我看穿了里安的伎俩，爱欲已经消退，里安的卧室由浪漫的海滩变成了一片乱石滩，我默坐片刻，然后说正事，说完正事就走了。

在很长一段时间里，我跟里安没有任何联系，我几乎把他淡忘了。直到有一天在一个会议上遇见他，那天他穿着一身白色运动服，像三国的周瑜那样英姿勃发，这个联想把潜伏已久的爱欲一下激发出来了。整个会议我都没有听进去，我一直注意他的侧影，白色的运动服使他去尽了浮躁，显得简洁，同时还有一点忧郁。后来我想到，这忧郁可能是艾影造成的，在艾影跟他离婚之后，他的忧郁就不存在了。那是一个春季的日子，天气还有些冷，他的一身白色运动服显得相当突出，但他跟谁都没有说话，孤独地坐到会散。散会的时候我上去跟他打招呼，然后一起走到外面，我跟他没有说什么，但我觉得一种隐隐的爱意已经回到了我的心里。我跟他一直走到了东单公园，据说这里是本市同性恋者的聚集之地，但我没有看到他们，我想他们可能在黄昏的时候才来聚合，我们到那里的时候是上午，公园有些空，我们默默坐了一会儿，后来里安说春天到了，心里真舒服，何不一起上他家喝茶听音乐。

我们就是那天开始有了第一次。里安光滑的肌肤年轻结实，给了我良好的视觉和触觉的享受。窗帘低垂，在幽暗暧昧的光线中脱去衣服,艾影就是在这种光线中脱去她的丝质睡衣的,我躺在他们的大床上,看到衣架上挂着一件紫色真丝睡衣,我看到在他们的夜里,这件丝质睡衣像水一样脱落在床前的沙发上,她光洁的身体从朦胧的光线中浮现出来,颀长的颈项、光滑的肩膀、凸起的乳房、凹陷的腰、饱满沉实的臀部以及双腿,——在晕蒙的光中发出各自的美质,凸起的地方浮着一层淡而薄的黄光,如同某种年代久远的珍贵的瓷器,凹陷的地方则隐藏在浓重的阴影中。这个过程在我和里安的关系的进程中越来越清晰地浮现出来,她的丝质睡衣永远垂挂在大床的边沿,连同墙上她的照片、阳台上迎风飘扬的乳罩、随手丢弃在卧室一角的黑色真丝内裤、她的紫格灰镶边拖鞋,它们的形态和颜色飘满在她和里安的卧室里,像空气一样无处不在。

　　我跟里安的关系很快就变味了,不是因为某件重要的事情,渐渐我就觉得感觉不对,到后来,我产生了一个奇怪的想法,我很想等到艾影出现,我甚至觉得我会爱上她。但我一直没有看见她。后来有一次我在电话里听到了她的声音,在一段时间里,我已经习惯了里安家的电话永远只有里安本人接的事实了,有时候我在想念里安的时候就给他打电话,我对他说:你在干什么?休息一会吧。我总是这样开头,然后我就说:我很想念你。里安马上说:我也很想念你。你什么时候来玩?我常常说:下个星期吧。里安就说:还要再过这么久。在这种电话刚刚开始形成模式的时候，里安开始买了股票，于是关于股票的话题也侵入了我们的对话，跟我们倾诉思念的对话纠缠在一起，使我们的爱情变得混浊、游离，无法判明真假。那次我说好了某天到里安家，去之前我给他打了个电话，结果我意外地听到了一个女声的"喂"，这声音就像一重布幕，突然落在了我和里安之间，挡住了来自他的所有光线，这重布幕来得这样突然，这突然就像是一种有重量的东西，击中了我的头部，使我在那个瞬间丧失了几秒钟的知觉，几秒钟过去之后，对方听到电话里没有声音又"喂"了一声，这时我才意识到，这个低沉的女声就是那个穿紫格灰镶边拖鞋的女人，那个阳台上飘荡的乳罩、卧室里丢弃的黑丝内裤的使用者，那个照片上的女人发出的声音。我穿过她的鞋，侵入了她的卧室和床，但我从来没有见过她，现在在电话里出现的就是这个女人神秘的声音，这个声音经过电流的还原显得更加不可捉摸。

也许我对她的好奇远远比不上潜意识里对她的嫉妒，对她的声音我不知所措，我犹豫了片刻之后说出了里安的名字，这个犹豫很不自然。

里安却十分老练，这种老练很令我生疑，我觉得里安也许正是一个惯于欺骗妻子的偷情老手。在后来的交谈中，里安对此毫不忌讳，反而多少有几分炫耀。有一次他带着神往之情说起一位小有名气的女人，他曾跟她保持了长达一年的性关系,后来以女名人远走巴黎而告终。里安对我说,这个女人的性欲真强,每天都来一两次,那时候我真年轻啊!里安叹息之后说:这话千万不要让我老婆知道,告诉你不要紧。

为什么不要紧呢?里安在叙述他跟女名人的风流韵事的时候,我感到那女人就像一枚令人不快的正午的太阳,隔着云层散发出刺眼的白光,这种白光具有无限的渗透力,从白而大的天空长驱直入,进到里安幽暗的卧室,这光晃着我的眼睛,使我不适和疲劳,但我却要极力睁着眼睛,因为当时我不愿意让里安把我看成是一个守旧而乏味的女人。现在回想起来,那仅仅只是一种不适,与强烈的嫉妒和愤怒相比,不适只是一阵轻风,一掠而过。在后来当我意识到对里安的爱情期待彻底落了空,我才发现自己也并没有真正爱过里安,爱情这个字眼在这个时代的确是可笑的,在我和里安的情史中,它只停留在初次见面的那个房间的窗外和走廊上,窗外的丁香花丛间风铃般细小而悦耳的轻微震颤,走廊里“玫瑰”音节的重复回响,它们越来越成为一幅画,仅仅是过去岁月凝固不变的、业已消逝的见证。

事实上,从一开始到最后,我跟里安都有意地回避了对爱情的谈论,我们像那部大受欢迎的电视连续剧的主人公一样,担心说出“喜欢”就会吓跑对方,更遑论那在后面的更重要的字眼。但是我们喜欢说:我想念你。

我想,不谈爱情肯定是对的,即使谈了爱情,除了感到虚假外,同时也许会失笑。

里安的老练(我更愿意认为他是应对机敏、反应迅猛,是一位思维敏捷的天才与天生的外交家,有许多的事情以及人们的议论证实了这一点,而这一点,正是我爱慕里安的基础之一,比起用情专一的平庸男子我更喜欢有才气而用情不专的混蛋,被一个毫无趣味的男人专一地倾注爱情,我觉得这是一件可笑而又可怕的事,弄不好就会像潘平那样落个被硫酸严重毁容。当然既有才情又用情专一更好,据说这需要女人具备惊人的美貌或者举世皆知的知名度,最好这二者合而为一,如划时代的歌剧女王玛丽亚·卡拉斯,或肯尼迪的遗孀杰奎琳·肯尼迪,即使是她们,也只能维系奥纳西斯若干年)表现在他接过电话听到我报出自己名字不到一秒钟的时间就想出并说出了一个新的跟约会无关让老婆听了不起疑心保证她不受任何伤害的话题,他说罂粟画廊的画展临时取消了,因为老 D 的身份比较敏感,又刚刚从外国回来,他的画展当局肯定要干涉,这也是意料之中的事,我们都有心理准备,就是老 D 这个倒霉蛋傻了眼,他刚从外面兴高采烈回来,定了他三十五岁生日那天作画展的开幕式,还买了一箱啤酒,这下可好,哥儿几个只好坐在他家地板上喝酒过生日了。

我好半天才反应过来,接上说:我都跟副刊说好了画展期间发他一幅画,要不是给你打电话我就白跑了。里安说:是啊,我跟老 D 说有个女记者要来参加开幕式,他兴奋得喜笑颜开的。

我们互相配合,顺利渡过了电话的难关。艾影的声音就再也没有出现过,她从声音还原为那双紫格灰镶边的布拖鞋,像一个虽然看不见却顽强存在着的影像,耸立在我和里安的缝隙中。

但这种配合使我感到不快,使我感到不快的还有关于女名人的话题,这些不快像灰尘一样弥漫在我和里安之间,它们越来越浓,透过灰尘看里安,他变得污浊难看面目可憎。

我们慢慢就疏远了,我不再到他那里去,他也渐渐地不再找我。在那些漫长的夏日,对于男人的莫名的想法像春天的青草一样滋生蔓延,关于炸毁罗丹雕塑的念头应运而生。

后来听说里安已经下海经商,他的身边美女如云。有一次我在证券交易所门口看见了他,这家交易所是我上下班的必经之地,那里有一个邮筒,我有时在那里投信。

里安说他现在已经不写作了,写作只能赚小钱,赚不来大钱。我看到里安正是一副赚了大钱的样子,他拿着一个手提电话,神情自信,举止潇洒。

想到在某一个春天,在某一个窗口内,里安穿着一套白色运动服,丁香花已经开放,仿佛远处风铃的声音。幽暗的客厅,紫格灰镶边的拖鞋、阳台上飘荡的胸罩,这一切全都变成了幻影,散落在另一个时空中。那些非常久远的事情与交易所门口的里安和我已经毫不相干。我看到阳光到达他的头发,质感硬如金属。

我忽然想到了艾影。

里安说他们早就离婚了,幸亏没有孩子,离起来很方便,离婚后他们就没有任何来往了。

我问里安,离婚是谁先提出来的,里安说是艾影。后来他说:你跟艾影一样,都是同一类的人。

此后不久,我在一位朋友的画廊里意外地看到了艾影,在这之前,我曾听说她是一名颇具神秘色彩的作家,而且我在一家新创刊的杂志上看到她的一篇短小说,她用扑朔迷离的华美文字叙述了一位著名的意大利女高音坎坷的爱情故事,文字间充满了大量片段的回忆、模糊的印象、零碎的思想、杂乱的想象,把一个清晰的故事搞得斑斓眩目。我想这是一个喜欢标新立异出奇制胜的女人,这种女人往往好出风头,与此相矛盾的是,她深居简出,极少出现在社交场合中。

罂粟画廊在城市东边的一所公园里,春天到来的时候画廊的主人向文化界的朋友发出了邀请,这次沙龙聚会有一个重要理由,那就是著名的以色列犹太诗人耶胡达·阿米亥将要莅临,阿米亥的诗歌享誉极高,是诺贝尔文学奖的候选人,画廊的主人是一位热情的诗人,曾参加过某届鹿特丹国际诗歌节,在那里与阿米亥相识。

由于一种对诗歌的尊敬和对异国诗人的好奇,同时也由于在漫长的冬天之后对春夜的迷恋，我毫不犹豫应约前往。那是一个十分茂盛的春夜，那种既慵懒又湿润的夜气携带着浓郁的青草和花的气息在光线幽暗的公园里浮动，这是艾影在到达我的视野之前的一个十分独特的背景，在日后，每当我想起艾影，她的面容就总是在晦暗而湿润的花朵中浮现，由于我此后再也没有看见她，她的神秘色彩与晦暗的花瓣之间就构成了一对固定的隐喻关系。

阿米亥是一位个头不高、满头白发、脸色红润的老头，他和他的夫人在罂粟画廊弧形的落地玻璃窗里像月亮一样升起，安详、面带微笑。画廊的主人开始介绍来宾，他话音落处，总是有一颗星星从普通的衣着平常的面容后面升起，闪耀着烁烁的光芒，那都是些有名或比较有名的诗人。我早就知道他们的名字，但不知道哪一个是他们。

忽然我听见主人对着我的邻座说：这位是艾影女士，富有独创性的小说家。我心里一震，扭头看见了一位梳着一根蓬松的独辫的女子，她的头发很长，辫子像是漫不经心编成的，在它的尾部甚至没有一个完美的结束，连橡皮筋都没扎，头发互相纠缠着，维系着这根长及腰际的辫子不至于松散。她远没有传说中的那样美丽，反而有些怪诞。

战争中的死亡起始于

一位小伙子

走下

楼梯。

阿米亥的中文译者站起来大声朗诵他的诗歌，大家喝
酒，小声交谈。艾影站起来，从外围绕过人圈去取酒，当她正
面对着我的时候我发现她两边的脸有些不对称。

战争中的死亡起始于

一扇门的无声关闭。

战争中的死亡起始于

一扇借以观望的窗户的开敞。

她两边的脸有些不对称，这个发现使我悚然心惊，我无
法判明是不是灯光和阴影造成的错觉，我紧张地看着她，吊
灯下站立着的译者在朗诵，我听在耳里，觉得就像是一种经
过伪装的、变了形的咒语。

"因此不要为死去的人哭泣，/不要为走下自家楼梯的人
哭泣，/不要为把钥匙塞进他最后的衣兜的人，/哭泣。/为代
替我们记忆的照片哭泣，/为唤起我们重新记忆的纸哭泣/为
不再被人记忆的眼泪哭泣。"

她从吊灯的后面回到我的邻座，手上端着半杯透明的
酒，我注意到她的手指细长、瘦而白，跟她脸上的肤色极不相

称,她的脸有点像冬天里烤火烤热的那种红色。她没有化浓妆。总之当时给我的感觉就像两个肤色质地不同的人的脸和手拼在了一个人的身上,这个想法奇怪之极,但它是那样强烈而顽固地留在我的印象里。

> 这个春天
>
> 谁将爬起并对尘土说:
>
> 从现在的你到将要回归的你。

朗诵完之后大家开始提问。艾影再也没有站起来倒酒,我未能在同样条件下重现刚才的印象,我感觉到她小口地啜着酒,她的脸有些宽,但被她蓬松的发辫巧妙地遮掩了。

自始至终她坐在那里,没有说话。

希伯来文是怎样保存下来的?以色列的作家都用希伯来文写作吗?希伯来语在以色列是一种普遍的语言吗?

在探讨犹太文化的冗长讨论中,艾影离开了,她把空酒杯放在我右手的茶几上,我略过几秒钟再回头时,看到的已经是她的背影了,她穿着一件深玫瑰红的裙式风衣,刚才我进门时没有看到它,我估计她是脱下来放在沙发靠背上了我没注意,我看到的是穿着黑色高领薄毛衣的艾影。

这样一个背影无比美丽:深玫瑰红的细腰长风衣,黑色的呢帽,长及腰际的独辫子。

真是风姿绰约,令人遐想。

紧接着有一位长发男士,尾随跟出,看样子是陪她一起来的朋友。

半分钟后我也为自己找到了离去的理由,我对自己说,阿米亥已经见过了,如果要了解犹太文化可以找书看。我为自己的窥视癖找到借口之后就到了画廊外面。跨出门口,我一眼就看到大半轮月亮正迎头悬着,眼前和远处的树木、甬道、湖水、房屋浮着一层姣好的月光,虽然不甚明晰,却也能看清大致轮廓,月光下走动着的人更该是朗然可见的,但我没有看见任何走动着的人影,从画廊伸出的碎石甬道在月光下面白如细沙,它的上面空荡荡阒无人迹,艾影和她的男朋友不可能在半分钟之内走完这条拐了两道弯的长甬道,那么她到哪去了呢?

我漫无目的地在画廊的外面转,前后左右都没有他们的踪影,准确地说,是没有任何人,这个公园在晚上不开放,它的大门是关闭的;我进去的时候特意给门口值班的人看了画廊主人的请柬才被放进去。皎洁的月光下寂静的树林和甬道给了我深刻的印象,春天里生长着的树木花草的气息连同虫子鸣叫一阵阵涌来,艾影就在这片春天的花香中消失不见了,来无影去无踪,再也没有比这个词更贴切的了。

像鬼魅或者像花朵,隐遁于这片月光盈盈的春天的气息中,真是让人觉得不可思议。

总之她从此就再也没有在我的视野中出现，我只是有时听说她，有时看到她发表的作品，不久前书店的柜台上出现了一本署名为艾影的小说集，那上面没有她的照片，这使我不能证实她的两边脸是不是对称。后来关于她的脸我还是听到了一些议论，据说她确实具有惊人的美貌，但在两年前的一个深夜，艾影以她半生不熟的驾车技巧在高速公路上超速驾驶摩托车，车毁人伤。毁容后经过多次手术植皮才遮盖了脸上的疤痕，但是昔日的美貌却是永逝不返了。

———

第四部分

飞的感觉

———

———

　　戏剧对我来说非同寻常。再呆板的正剧或再拙劣的喜剧都会感动我，使我在黑暗中泪流满面。我不知道到底是什么东西打动了我，在剧场的黑暗中静坐一旁的孤独景象跟我生活中的角色是如此相像，也许正是这种气氛和感觉打动了我。

　　我看见自己独自一人奔赴剧场，骑车的时候两旁的人流无声地哗哗流动，除了剧场的名字我的脑子空无一物，我的魂魄悬挂在头顶的上方，把我全部的能量都吸纳在那里，它像一个无形但有质量的东西，这种质量就是与看戏有关的一切意识，此刻被全部调动与凝聚，悬在我头顶的上方。这时候我对周围的一切一无所感，我的身体凭着惯性向前游走，凭着惯性躲开车辆与人流，凭着惯性停下来，放好车。剧场的门口和台阶漫布着看戏的人，他们衣着体面、富有教养，我不认识他们中间的任何一个人，这使我失去了进入他们所在空间的通道，我从他们中间穿过，但我觉得我跟他们并不在一个空间里,这感觉有点像我看过的罗伯—葛利叶的电影《去年在马里安巴》和《不凋的花》中的某些场景,那里面的人像布景一样仁立不动。在我走进大门走上台阶穿过门厅的整个过程中,我常常觉得旁边的人像布景,我注意不到他们动还是不动。

然后我找着座位坐下来,这时我头顶悬挂的东西消失了,或者是注进了我的体内,这时我才感觉到我在凝神屏息,等待大幕拉开。

奔赴剧场的念头强烈而急迫,我知道我不能让自己迟到,我第一次打面的就是要去看一出外地剧团晋京演出的主旋律话剧,这在一个对主旋律天然隔膜的人身上,确实匪夷所思。看任何戏我都害怕迟到,我对待它们就像对待贵宾,奔赴它们全都像奔赴节日,生怕迟到会削弱我的快乐。总之我看到的一切戏,好戏、不那么好的戏、拙劣的戏,它们统统都是缀结在我过往岁月的珍珠,它们或明或暗、或大或小地漂浮在时间中,它们聚合在一块,成为悬浮在我生活中的另一重生活,它们断续而完整,我在某些日子的夜晚手持门票纵身一跃就侧身进入其中,平淡的戏是一重平淡的生活,尖利的戏是一重尖利的生活。有的戏是一汪浅水,我们撩拨几下从容退出,有的戏是深而无边的江河或海洋,将我们彻底淹没,使我们变成其中的一分子。有时我觉得自身就是一个海水生发器,迅速地把一切变成大海,然后我的身体消失在黑暗中,自己成为舞台上的一片灯光,悬挂在演员脸颊上的一滴眼泪,或者,就是那个人,那个人不管是男是女,是老是少,只要一旦被一种神秘的力量所触碰,我就会成为他(她),我内心的嚎啕被这个胸腔所放出,回荡在剧场的上空,如同闪电一般。我的尖叫和私语被一条秘密的通道送到舞台上那些被灯光笼罩的人们的身上,通过他们,我听见自己的声音在明亮中飞翔,这种飞翔使我感动。

我在黑暗中感动,泪光闪闪,忘却一切。

突然座位上方的灯亮了,我完全暴露在光亮中,我的回荡在剧场上方的声音被突然切断,舞台和我的距离迅速隔开,我身在其中的那一片纯净的亮光随即抛弃了我,它们被厚实的大幕所挡住。大幕再次启开,舞台上的人物面目全非,让我感到陌生和不解。就在大幕的开启与闭合中,原先台上那片纯净的光亮离我越来越远,最后它们完全消失了,台上来回奔跑着一些看起来毫不讲理的人,他们搬动着东西,台上的光线已经变得跟台下的、我身边的光线一样混浊、多尘。这时我确认我的确是被放逐到尘世里了,灰尘在弥漫,剧场工作人员扫地的声音此起彼伏。

一次我得到一张前座一排的票去看人艺的《推销员之死》,那么近的位置使我能听清楚演员呼吸的气息,尤其到了最后,朱琳身着黑色的丧服坐在舞台跟前的台阶上,近在咫尺,我一伸手就能碰着她,有的人不喜欢真人面对面的表演、念台词,觉得那样滑稽而不真实,但我对戏剧的热情压倒了这些,使我对舞台和现实产生一种倒错感。在这个戏面前,我觉得戏绝对是真的,现实则混乱不堪、虚假、毫不可取。看完戏之后的好几天我还对周围的一切不感兴趣, 没有感觉,我沉浸在舞台上的那片灯光中,它牢牢地笼罩着我,我的眼睛看到的不是日常的街道、人流、汽车、办公桌,而是那片旋转的绿色光斑,它像繁花在舞台上开放和凋谢,把一种诗意的东西从一个远不可及的地方发送到这里,整个舞台充满了芬芳和欢乐的气息(那时候正是推销员事业的上升期),朱琳穿着连衣裙系着白色的围裙一转身就到了这片旋转着的绿色光斑下面,圆圆的光斑一片片地从她的身上掠过,就像是从她身上直接涌出来的浅绿色花朵,它们或明或暗,从她体内涌出,又回到她身体的深处,她年轻而美丽,携带着整个春天从我的眼睛一直注入到我的心里,这是英若诚(饰推销员)在回忆他们盛年时的美好日子。这个场面是如此打动我,直到现在,当我怀着疼痛抚摩它,我的眼里仍然充满了泪水。它包含的美是如此丰富和奇妙, 以至于我根本无法真正进入它,它对于我,永远如同冰山之上的明月,光华四射,而永难企及。

我与许蓝的再次重逢使我对戏剧超乎寻常的爱好如鱼得水,我不用再看外地剧团晋京演出的主旋律话剧了,那是我在长久没有戏看的日子里的权宜之计。许蓝使我看到一些官方不宣传但也不禁止的戏，这些戏只有通过一些特殊的途径才能知道，它们有时候在某个学院的教室里演出，能看到的人极少。从夏末到深冬，许蓝隔一段时间就通知我看戏，从《安道尔》《阳台》到《浮士德》到《与艾滋有关》《我爱×××》，此外还看了一些非法电影的录像。

这些戏剧和电影是我生活在这个城市的重要理由，它们是庸常生活中一闪而逝的花朵，或者短暂的彩虹，许蓝洁白的牙齿在这些美好的事物中闪烁，是这个万恶的夏季里生活对我最珍贵的馈赠。

他白色的牙齿闪烁到深冬，然后他就消失了。

他的消失使我怀念他。

那次我到朋友家看录像，放的是第六代导演何建军的《自画像》。多年前我曾经跟一位被列入第六代导演但一直没有作品至今还在深圳拍广告的年轻人L是朋友，L的背景和经历都十分复杂，上海人，北京电影学院毕业后不可思议地自愿要求到边远的G省，我有许多年没有听人说起过他了，连一位对第六代导演如数家珍的朋友都没听到过L的名字，后来我在《钟山》杂志上看到了《激情浮动——第六代影人群像》，在那上面我惊喜地看到了L的名字，这时我才知道他经过多年的努力终于拍出了一部第六代电视剧，他的经历在我的头脑里一点点复苏，至此我打算以L为主线写一部有关第六代电影人的长篇纪实文学。

《自画像》拍的是裴沙的经历，主要通过照片叙事，强调平面，声画对立，全片只有 15 分钟，据说曾拿到香港参加中国第一届纪实片影展，作为观摩片。

看这部片子就像翻一本旧影集，旁边有人在讲述他的经历，但讲的全不是照片上的事，这无疑是一部沉重、枯燥、单调的片子。我只在开头的前 5 分钟保持了高度的注意力，然后我就逐渐松懈了。

我发现侧面有一个人时不时地看我一眼，我发现这是一个很年轻的男孩，黑暗中他冲我一咧嘴，白色的牙齿晃了一下。到后来，许蓝也总是这样以他闪闪发光的雪白牙齿给我某种提醒，使我想起年轻、青春、纯洁、光滑的皮肤、明亮、结实、敏捷，等等字眼。这些字眼魅力四射。

我不知道他是谁。

片子放完的时候大家都说累，想看一个好看的。主人找出一个《胭脂扣》，说里面有梅艳芳，带子放起来主人才想起没有国语字幕，粤语叽里咕噜地说着，大家急得叹气，有人想起来冲那男孩说：许蓝，你不是说你会听粤语吗，快翻译给大伙听。

男孩很认真地靠近电视听了一会，大家又催他，他却很狼狈地说：声音太、太浊，就是普、普通话也很、很难听清、清楚，粤语更、更不行了。后来又换了一个英语片，摇滚歌星莫里森的传记片《DOORS》,性的镜头在期待中来到,像闪电一样照亮着每个人潜在的偷窥的欲望,它唤起的是我们血液中雷声隆隆的轰鸣,使我们深呼吸,心脏收缩,不敢暴露在灯光下,它的乌云布满在我们的天空,强烈的光芒在乌云的背面露出金色的镶边,令此时的天空瑰丽无比。

有谁没有曾经被覆盖在这样的天空下呢?

带子放完的时候已经十二点了,愿意回家的回家,不便回去的可以在主人的客厅里呆到天亮。我走出来。在下楼梯的时候我听见那男孩的声音在我后脑勺的上方说:

姚、姚笠,你不认、认得我了吗?

这个结巴的、无比年轻的声音,像一种奇怪的物质,它在瞬间就创造了一个空间,这个空间笼罩着我,使我感到凉爽、空气流动、透明,而这些,全都是从这个男孩雪白的牙齿上散发出来的。我们不知道姚笠为什么会对白牙齿产生如此的好感(有没有接吻方面的潜意识)?

我母亲是唐近。男孩说。

唐近这个名字立即把一个短发女人从往昔召唤到了我的跟前,这是一个近郊中学的教师,写得一手非常好的散文,她家离我当年的杂志社不远,我作为编辑曾到她家去过。我从来就不是一个尽责的编辑,我去看唐近完全是出于好奇,我十分喜欢她的散文,我设想这个唐近是一位美丽而又历尽沧桑的女人。

这个女人一点也没有使我失望,她肤色黧黑,鹅蛋脸,五官十分出色,看上去有点像印度女人,如果她留长发,这一切就非常完美了,但她剪的是一种最不讲究最不入时的短发,连刘海都没有,活像延安时期的共产党女干部。我有一次曾经忍不住说了一下,唐近对此不置可否。

我对唐近家的印象深刻而零碎,永远没有男主人(我从来没有问过她,直到我调离杂志社我也没弄清楚许蓝到底是不是私生子,或者在别的什么地方有一个父亲)、室内总是有大粪的气味(她家的窗外是一片菜地)、窗户上是缠着铁丝的很密的铁条,窗玻璃上还用很厚的牛皮纸糊起来,如果关上窗,房间里就会一片漆黑。我很快就明白了它们的意义,这排平房过于低矮,一个独居的美丽女人总是偷窥者渴望的目标。

此外在我的记忆中还有一只精美别致的紫铜手炉,它在夏天的时候被放置在书架(房间里只能放进一个书架,公家的那种,四层)顶上,冬天的时候放在洁净的床的尾部。

我总是要一再看到它,或者说它总是压倒了室内其他的物品抢先进入我的眼睛,它圆形、光滑、有云雷纹和四只小青蛙,全身散发一种神秘的气息。

被铁条分割的唐近的家,她那印度人般的脸庞、菜地的气息、紫铜手炉,它们都一一来到,好像它们全都藏在这个男孩雪白的牙齿里,他像一个小小的巫师,张开嘴,用牙齿碰三下，这一切就会突然出现。

那时候唐近看样子是三十六七岁，许蓝大概是十五六岁。有一次唐近对我说，儿子现在已经成了追星族，不可救药地崇拜上了女歌星某某，他说你长得极像某某，整天念着姚笠怎么还不来，你看他差不多爱上你了。

许蓝当时给我的全部印象就是一个腼腆的小男孩，黑黑瘦瘦的，牙齿很白。现在他说他是唐近的儿子，但我看来他除了肤色黑和牙齿白之外，跟从前那个许蓝毫无共同之处，而这两个特征又是多么容易淹没，整个非洲都具有这两个特征。从前的那个许蓝永远消失了，他只停留在好几年前的那个时间里，他被现在的这个许蓝所扼杀了。

眼前这个男孩有点像台湾电影《鲁冰花》里的图画老师，黧黑、修长、敏捷，白色的牙齿闪闪发亮，这是我最喜欢的一类男孩。

与许蓝重逢的日子正是我百无聊赖的日子，本来那本李大款传《奋斗者之歌》已经写了十八万字，李大款的大理石事业已经越过了无数暗礁来到了开阔的水面，最后一章的标题是"乘风破浪"，我那时看了一本"文革"时期两报一刊社论集，其中有一年的《人民日报》社论就是这个题目，毫无疑问，李大款的现实功绩比"文革"社论更有价值，我当时毫不犹豫就把这四个字龙飞凤舞地写上了。自从电脑坏了以后我就改手写，我重新发现了手写的许多优点：没有噪音、随时可以写

(机器一开就意味着一种压力,我曾经称这种压力为召唤,总是召唤会使我们厌烦,如果某人总是催我们,我们就想给他一耳刮子)、随地可以写、任何姿势都可以写(躺着往往使我文思泉涌)。最后我还想到了有朝一日拍卖手稿的盛况,手稿,就是手写的稿子。

坏事总是在人得意的时候到来,就在乘风破浪的第二天,中间人朋友告诉我,李大款因为偷税漏税被抓起来了,这意味着我手写的十八万字完全白写,既不可能出版,也不可能拿到一分钱稿费。

这个消息使我在这个闷热的夏季辗转反侧,无法入眠。我的脑力严重退化,终日回荡着一些愚蠢的问题,如:今年的风为什么比往年热?下过雨后为什么还不凉快。我的头脑麻木到了极点,只有最简单的气温问题可以在那里盘旋,因为气温触及到我的皮肤,别的问题不。

连乘风破浪这种词都不来了,我不知道它们为什么会突然之间全都销声匿迹,在我心情好的时候这样的词俯拾皆是,它们像灰尘一样在我的房间到处堆积,一层又一层,我再小心也会碰到它们。这就是说,李传的文字操作过程并不痛苦,我只是对自己竟答应干这样一件事以及它无所收获的后果感到迷惘。

我越来越觉得这是一件不太见得人的事情,是我文字生涯的一个污点,这时我想起了一句古老的成语:

一失足成千古恨。

一失足成千古恨的后果如果在舞台上表现，是否让表演人每人手持一块圆形反光板，强烈的灯光反射到我身上，像探照灯一样跳跃、刺眼和圆形（《思凡》，孟京辉导演）；或者更多的表演人逐级坐在阶梯上，每人手持一枚电筒，把灯光全部拉灭，一片漆黑，然后把手电筒打开对着每一个表演人自己的脸，全黑的舞台上遍布一枚枚碗口大的光圈，光圈里是一些阴险的人脸，我们想躲开这些人、电筒和眼睛，我们从右边幕侧走上，游移在黑暗之间，但是所有的电筒蓄谋已久，它们突然间同时射向我们，电筒在表演人手中飞快地划动，它们的光芒混乱而致命，并且发出"吥吥"的声音（这是我们的幻听），这使我们无地自容（话剧《浮士德》，林兆华导演）。

道德常常不是我们内心的声音，内心的自律，而更多的是他人的眼睛，这个他人常常不怀好意、幸灾乐祸，喜欢看到别人的堕落，他们天生地喜欢惩罚和批判，比节日的快感更强烈。

躲过他人的眼睛就是我唯一的愿望，从现在起，李传就是我的隐私，我将不对任何人提起。为了使我自己也彻底忘记此事，我在某个夜晚把这堆十八万字挑灯夜战的成果全烧了，点火的时候我甚至有一种侥幸的感觉。

在这个闷热不堪的季节里，坏事（其实仅仅是不顺心的事，我们总是喜欢夸大其词，把眼前碰到的芝麻绿豆说成是灭顶之灾)接踵而来，由于天热，任何事情都带有坏事的气味，坏事的实质是使我们不愉快、苦恼、难受、痛苦，在天太热的时候这种事情真是太多了。我所在的报社被上级领导大刹广告式报告文学风，从前逍遥自在的好日子随着一个冗长、严肃、令人昏昏欲睡的下午突然结束，这个下午的内容是在拥挤的办公室学习中央精神及大报社论，之后宣布报社从今以后不再登广告文学了，机动记者组的每位记者每两周要交一篇歌颂先进典型的通讯，这种事虽然跟李大款传差不多，但操作起来比后者难度要大，并且要通过层层审查，十二分没劲，好在我等思想已经退化，只是少一点自由的时间，不像初出茅庐的年轻记者那么痛苦，总想写些大火烧毁文物、失学少女卖花的新闻，选题总是通不过，这时又硬扳着写先进，不过我想，用不了多久，他们就会习惯于在各类新闻发布会上徜徉，拿回红包，写不写典型，有没有大文章，出不出成果也就没什么重要的了。

　　我仍是耽于睡眠，时间多则多睡，时间少则少睡。为了不使茶、咖啡一类的刺激性物质挡住我的睡眠，我从下午起就只喝白开水，白开水长期以来同我绵长的睡眠的深浅不一永远变幻的梦境联系在一起，它本来具有的流动的品质从下午开始就准备运载这个女人去向一个睡眠与梦的大海。白色的水既是一种暗示，也是一种偶合，它之于我正如白色的药片之于别人，它跟睡眠的前奏是那样一致，使我们觉得睡眠就是一片大水，我们漂浮在这片大水之上，它的风、波纹、变化的水速将我们驶离现实的世界，我们睡眠得越深就走得越远，而床就是这两者之间的门户，它的形状跟现实的门一样也是一个方框，只是那个世界需要躺下才能进入。

睡眠与现实的关系是海水与岛屿的关系，这个比喻来自普鲁斯特，虽然从比例上看不太恰当，但其本质却是奇妙之至，只有天才的脑袋才想得出来。睡眠就这样夜复一夜地围绕着生活，浸泡着我们，它像真正的水一样，润泽我们的生活，使它变得松软，它将本来连成一片的东西分割成一点一点，如果它们不被分割，它们将沉重如铁，很快地把人压碎，睡眠又像沙漠中为了治沙而菱形种植的植物，它们分割了沙漠，使我们从某一个角度看上去，这片被分割了的沙漠就像绿洲。

睡眠绿色而湿润。

清澈而斑斓。经由它的通道我们看到在那个幽暗的世界里一一显形的事物：熟人和陌生人、莫名的所在、房屋、手炉、赤身裸体、丝绸、瓷器，某些手势、不解其意的话语、船只、森林、雪山、手帕、鞋、草莓，一个人死了，另一个人在奔跑，所有的一切都被一种无形的力量所控制，它有时无声无息（像无声电影），有时无色（像黑白电影），有时候声音模糊而遥远，它的影像亦然，在某些时候，色彩自天而降到达我们的梦境，它们像真正来自天国的色彩，比我们来的地方更美妙。在梦境中我们有时身重如铁，任何力量也无法使我们抬起双脚，有时我们身轻如燕，脚一点地就能腾空而起，呼呼飞翔。我们在梦境中穿行，进出无常，完全不以我们自己的意志为转移，我们在哪里就被那种我们无法知晓的力量抓住了（我们睡梦中的意识是否像风中飘来飘去手感很好一把就能抓住的毛巾，被那个人随意挥舞呢）？

这使我联想到有一种隐秘的水滑梯，我们上床就是登上它的台阶，它的通道长而平，我们甚至无法察觉它的倾斜，睡眠的水流递送着我们，把我们的四肢与大脑跟那个世界分离，我们全身在水流中划动却丝毫感觉不到任何运动，最后我们不是刺溜一下掉进广阔而深厚的水里（那是睡眠与梦的混合物），同时溅起好看的水花，我们是在水滑梯或冗长或短促的滑道上渐渐沉入水中的，或者说是那繁茂的水涌上来将我们沉没。

电影的梦境跟真正的梦境相比总是黯然失色，它清晰的声音和闪烁的亮光首先使我们感到它的人工性，其次它的布幕永远阻挡了我们通往它的脚步，使我们永远蜷缩在黑暗中，我们的神思虽然进入了那人工的梦境，但我们碰到的总是陌生的、与我们不相干的人。只有我们自己的梦境才与我们息息相关，在那里我们看见早已离去的亲人，我们曾经以为永远也见不到他们了，但在这个珍贵的地方我们意外地与亲人相逢，他们跟从前完全一样，时光没有损坏他们。多年不见的熟人也会浮现出来,我们不知道这么多年他们在什么地方,在干什么,我们什么都不必知道。看到他们,我们感到由衷的亲切,往事或未来的事情围绕着他们,变成一种我们依稀可辨的飞鸟,在我们的睡眠中飞来飞去,掠过我们的脸颊。

更多的梦境犹如离奇的花朵,与它们相比,往事与故人只是依稀的青草,点缀在稀奇古怪的花朵中间。梦中的花朵凶猛无比,茂盛无比,犹如卢梭笔下的油画。我曾梦见一种奇怪的花,它的茎犹如电线杆一样高而直,没有叶子,藕荷色的花瓣又大又厚,一层一层地围绕着电线杆般的粗茎,那情景很像亚运会期间点缀着几层花饰的真电线杆。这株奇怪的花在一个大殿的门口,门楣上奇怪地长着许多葫芦,一只大葫芦动了一下,慢慢地朝我飞来,我准确地接住了它,它身上那层白色细毛摩擦着我的脸,在梦中我真切地感到了一阵酥痒。这到底意味着什么呢?

梦见认识的人死去其实他并没有死。这个死去的人戴着一个假发套。

梦见某条恐怖的叫辛普森的胡同,里面有几个身穿褐色衣服的人,你必须穿过这条胡同才能回家,你害怕也得穿过这条胡同,每次到了胡同口你总是想这次必死无疑了,但你必须经过它,你没有别的地方可去。这样的梦使人绝望。

梦见被人追赶,拼命奔逃又到处碰壁。

梦见遭受污辱,被人用水泼到自己身上。

梦见一只大黑狼在门口。

梦见一个人形标本发出"呀"的一声,人形标本蜡黄、干瘦,瞪着眼睛。

梦见白云里有一匹黑马,有一支黑箭呼啸前去。

梦见一片很美的枫树林,上面却系着一条白手绢。

恐怖的梦记忆犹新,美好的梦不一一而论。

还有一个梦。牧场上有一深深的通道,走下去,见到一个半圆门,上有厚厚的帷幕掩盖,地上铺着石板,有一块红地毯一直铺到一个宝座前,那是一个黄金的宝座,精美绝伦。王位上屹立着一个巨人般的东西,它的质地十分奇怪,是用活的皮肉做的,无脸无发,一只独眼凝视着天花板。就在这时候听见母亲的声音从高处传来:就是它,这就是那吃人的妖魔。

这是荣格在三岁时做的梦。

与大师相比我们的梦相形见绌。

睡眠是一种普遍的飞翔,不需要借助药物,人人都可以得到。真正的黑夜或假造的黑夜覆盖着我们,给予我一种最彻底的抚摩,灰色的网从我们的毛孔进入,从末梢到中心,它的笼罩使我们的身体消失,我们变成了一片无边无际灰蒙蒙没有重量的东西,我们的手脚和头脑全都融化在这片灰色中。在这片底色之上,梦境降临。

我常常在睡眠中想念子速、里安和许蓝,这使我的睡眠十分混乱，他们在各自的地方干各自的事情，他们在我的睡眠中出没，最后总是擦身而过，我对他们的友情此消彼长，爱情就像一阵短暂的战栗或者某种隐约的闪光，在友情中游走、掠过，那是一种注定不能持久、不知何时出现的、无从把握的事物，我无法经常提到它。

对于一个年轻的孩子，从未爱过一个人的孩子，他的爱也许可以确定，有一根无形的绳子，将他的眼睛系在他所爱的人的身上，这根绳子跟他本人一样年轻。

这个年轻的孩子也许就是许蓝。

许蓝的牙齿闪闪发光。

黧黑的皮肤令人想起南方，黑而结实的青年永远是南方的青年。"家乡的茶园开满花"的童声合唱就是这个人的背景音乐，尽管他跟随时尚喜欢希腊女歌手娜娜和爱尔兰女歌手恩雅，但我只要看到他，带有南方口音的童声合唱就会曼声而起，笼罩着他的四周，它们就像一些墨绿色的携带着浓郁南方气息的枝叶缀结在他的头上，如同一个神话人物或一个真正未成年的少年用树枝做成帽子以挡住太阳。茶园墨绿色的茶树漫天的弧形树冠自天而降，挡住都市中喧闹而坚硬的水泥和钢筋。与此相反，不管我在何时何地，只要我听到《鲁冰花》的旋律，随着一阵凉爽的感觉，许蓝洁白闪亮的牙齿和黧黑的皮肤连同整个南方就会扑面而来。

许蓝对我到底意味着什么呢？一个倾听者？一个观众？或

者一个生涩的、不和谐的、颠倒的、潜在的爱人?或者一个诗意的南方的幻象?

自从许蓝把我从第六代导演的集散地送回沙滩大院,他的电话就常常从东棉花胡同的那个著名的学院来到我宿舍外面的传达室。

他仍然有些结巴,但他的嗓音已经完全成人了,跟一个三十岁的男人没有什么区别,姚笠,你要、要看《浮士德》吗?姚、姚笠,我有两、两张《薪传》的票。姚笠,《思、思凡》你、你看不看?

思凡这个词许蓝常常不能顺利说出。在那个闷热的下午,我在电话的这头就感到了他额头上的汗珠。然后天就下雨了,在等待的过程雨下得铺天盖地,本来正是睡眠的好时机,下雨的睡眠是另一种不同的睡眠,这种睡眠因为雨水而清澈,没有那么多混乱不堪的梦,午睡时分的雨将一种夜气带到房间,使人心安理得地睡眠。

许蓝的电话把一个嗜睡者还原为一名戏剧爱好者。雨一停我就出门,我不加修饰地出门,与许蓝这样的小男孩相见我不需要化妆,也不需要换衣服,准确地说就是不需要把自己变成一个待嫁的女性,或一个情人。做一个中性人最好,这是我在许多时候的想法。

我以为我与许蓝交往的基础不是我们分属男女双方,而是对戏剧的共同爱好。我的朋友中没有人热爱戏剧,这使我在很长一段时间里这种热爱处于空白和饥饿状态,我在报社不跑戏剧口,但凡碰到有新戏上演我总是厚着脸皮到处找票,好在看戏的快感可以极大地覆盖求票的尴尬。曾经有一段时期,对戏剧的热爱使我不择口味,不管谁写的谁导的谁演的,一概充满热情。现在回想起来,这种热情确实不可思议。

那次我没有等到许蓝,我们互相错过了。本来约好晚上七点在地安门的13路站牌下等候,我在雨中骑车容易灵魂出窍,干净的树木和房屋呈现出一副善良的面孔,我辨认着它们一直往前骑,13路的地安门站毫不起眼,我没有看见它,或者是视而不见,我一直往前骑,快到平安里时才猛然醒悟,而这时许蓝已经在地安门站等了十几分钟,他决定往我来的方向迎我。这样当我从平安里骑到地安门的时候就没有看见他,他一直骑到我单位的门口才掉转车头。等我们终于碰着的时候已经八点了,票在朋友的手上,朋友在剧场门口等到七点四十分。

于是我们到沙滩大院。

和一个比我小十岁的男孩在一起我觉得感觉不对。许蓝尽量做出一副成熟男人的样子。他说:

你现在的样子跟以前大不一样了。

他显得很严肃,语气像一个饱经沧桑的老人对一个刚刚长大成人的女孩。我漫不经心地说:是吗?

我想他可能要说我现在要比以前漂亮,这是我最近一两年常常听到的一句话,我现在比以前注意修饰,讲究发型和化淡妆,生活也没有那么忙乱,可以从容地在十点半以前上床睡觉,据说超过这个钟点睡觉使人衰老。从前我专注于事业,一天到晚行色匆匆,采访和出差,然后熬夜写稿。我像一切过于投入事业的女性一样把外表看得很轻,我们剪着短发,我们的短发不是那种时髦的短发,没有烫吹诸番调理,也不知道有摩丝这种东西,因此我们的头发总是不成型,它们紧贴着我们的脸,使脸更小,或者毫无章法地往两边炸开使我们看起来就像头上顶着一只刺猬,所以看见我们的人会看到我们的头发憔悴而疲劳。

(头发是有生命和感觉的,它暴露人的状态的程度完全可以与眼睛相比。)

于是有人告诉我们,你们是一些生活的失败者,生活的成功决不在于事业是否成功,事业甚至是妨碍生活的一大因素。她们说最重要的是你的睡眠是否好,你是否健康,是否快乐,是否感到生活中有许多美好的、赏心悦目的事物。

好心的告诫使我们如梦初醒痛改前非。但是许蓝说我那时候显得有朝气,有一种张力,而现在的状态不好。

我感到有些意外,我说是吗?我说怎么不好?他说他无法形容这种不好。总之是不好。

许蓝忽然看到我压在玻璃板下的照片,他激动地指着一张我四年前的照片说,你看你看,从照片上看就很明显,他同时指指我现在的一张我自己很满意的照片,那张旧照片是专为身份证拍摄的,一点也不好看,出于好玩我随手压在玻璃板下。

我说我没看出来。

许蓝走后我才想到,我也许真的是越活越没劲了。我每天睡觉无所用心,对一切麻木。我甚至很久没有做飞翔的梦了,我怀念那些脚一抵地就腾空而起的梦境。

我估计许蓝是一个从未有性经验的孩子,我甚至觉得他没有女朋友。我喜欢跟他来往因素很多,每一点原因都是重要的原因,比如他黧黑的肤色和白色健康的牙齿,他身后那个没有男人的神秘母亲,以及他总是为我提供我所喜爱的事物:戏剧、电影(那是一种非电影院的电影,只有特定的小圈子才能看到)以及大麻。

我并不是一个吸毒者,许蓝也不是,他虽然迷恋摇滚,也吸过两次大麻,但他本质上是一个好孩子,他是那种即使杀了人也是好孩子的人。他吸大麻就跟他静坐一样,是一种体验,他像一个求知欲旺盛的孩子,什么都想试,他说他喜欢神秘主义、巫术、气功、吸大麻后进入的迷幻状态。他既去广济寺也去基督教堂。

有一个晚上我们在他表哥家看美国二十世纪六十年代

摇滚歌星莫里森的传记片《DOORS》，这个片子囊括了许蓝感兴趣的一切：摇滚、大麻、迷幻、裸舞、性、巫术的仪式、印第安的神秘文化。莫里森总是在迷幻态中看到一只苍鹰和一个印第安老人，那是他小时候经过一个印第安村子看见的一个濒死的老人，他看到了老人的眼睛。从此他总是随时随地地看到这个老人，在安静的后台或者在前台对着万众沸腾的场面（在二十世纪六十年代的美国，这种场面常常会有脱光衣服的女郎狂热地跑上舞台拥吻男明星，这是我们在电影里看到的），那老人身材高大、逆光向他走来，这时莫里森再也听不见周围的一切，他目光迷离地朝前走，他深信那是死去的印第安老人的灵魂对他的引导，老人的头顶上有一只鹰，莫里森仰望这只别人看不见的鹰，它巨大的翅膀缓慢而有力地飞翔，向着太阳飞，均匀的强光布满了画面，苍鹰消失在强光中。

这个印第安老人、这只鹰、这片不知从何而来的强光远离着二十世纪六十年代的美国社会浸透在莫里森的灵魂中。

我看这个带子的时候许蓝已经看过三次了，他的学院离表哥家很近，他常常来，他陪我看的时候很尽责地向我讲解，他说那是莫里森小时候，他说那个姑娘是莫的情人，他说莫将要爱上一个女记者，那记者比他大许多，他说那个把头发挽在后面的女人就是记者，看她的气质多好，就是比那女孩有魅力。之后是两个人赤身裸体进行一个仪式，女记者把火柴擦着的时候这家的主妇走过来给大家续茶,她挡住了我的视线,我始终也未能明白莫里森和女记者在干什么。后来画面上在做爱,男女观众们熟视无睹。

这个片子对我和许蓝的关系有什么影响或什么暗示吗?许蓝后来总是说他像莫里森那样喜欢比自己大的女性,喜欢像那个女记者那样的气质很足的女性。我不能确定他说这话的意思是什么。

大麻就是在这个时候出现在我们的话题中的。

一个不吸烟、不喝茶、不喝咖啡的成年女人为什么会对大麻感兴趣?这是一个谁也弄不清楚的问题,我对这个非法的名词向往已久,它的领地是另一重神秘的黑暗,与剧场中的黑暗有相同之处。它分离常态、将日常生活驱赶到黑暗之处,让我们感觉不到它们的喧嚣、纪律以及所有的像锁链一样的环节。我们轻身遁入黑暗之中,这重黑暗就是我们的内心的宁静(一切内心的渴望、风暴、呻吟,只要它真正来自我们的内心,它就是一种宁静)。

在离现实生活咫尺天涯的一个隐秘的地方,香气在浮动,它从容地到达每一个大麻爱好者并且变成他们脸上恍惚的神情,香气在空气中浮动,在人体内进出,就像在剧场中第一道铃声响过,寂静的气流侵入到场内,人们不再说话,脸上出现期待的神情。香气的出现犹如这道铃声,它只被那些经过挑选的人们听见,它寂静地潜入这些人的心中,附着在他们的皮肤上,他们深深地呼吸,他们在香气中犹如鱼在水里,任何东西都不能阻挡这种呼吸。

香气从一种丑陋的东西上散发出来,黑色的、小颗而圆的东西,由较硬的膏状物构成。如果点火加热,香气骤然浓郁,黑而小的膏状物犹如一种奇妙的花蕾,火是另一种浓缩的阳光,它使那黑色的花蕾骤然开放,香气就是它巨大的花瓣,布满人的嗅觉,热烈而辉煌。这种难以言说的浓香使我想到一种艳红的颜色,这正是它自身的花朵。我第一次看到这种被称为罂粟花的花朵是在一片神秘的红土高原,在蓝天红土之间,层层薄如蝉翼的花瓣在明亮的阳光中跃动、飘浮和闪烁,红得无比妖娆,夺人心魄。它们就像一些在天堂和地狱都熔炼过的花朵,既纯洁又邪恶,这个世界最精美最深刻最神秘最不可理喻的东西都以气体的形式到达这片荒僻无人的红土高原,它们携带着叛逆的红色(那是一种我们不易觉察的物质,它遍布在空气中,既冷静又热烈,只有当它们高度凝聚,我们才能看到并感受它们的力度与危险)纷纷抵达这些花朵,薄如蝉翼的花瓣因为它们的高度集结而浓红欲滴,无论在近处或在远处,我们都能看到这片花朵在太阳下散发出漫天的红光。

这时香气已经抵达了我们的神经,它驱动我们浮出黑暗,浮到迷幻的光线中,正如在剧场里,大幕已经拉开,我们的身躯停留在黑暗中，灵魂飞离了肉身泊在舞台的亮光里，附着到人物、布置和道具上，通过它们，我们再次看到的世界变得稀奇古怪。

这时我们完全不知道我们自己是谁，我们有什么必要知道自己是谁呢?我们正在飞翔，身轻如燕，气流的摩擦声掠过我们的耳边发出呼呼的响声，我们的头发已被扬起，与我们飞起的身体成平行状态，奇幻的光线在我们脚下哗啦啦地坍塌，整个世界缩小成一粒黄豆。

梦境是一种飞翔，看电影和戏是一种飞翔，写作是一种飞翔，吸大麻是一种飞翔，性交是一种飞翔，不守纪律是一种飞翔，超越道德是一种飞翔，死亡是一种飞翔。它们全都是一些黑暗的通道，黑而幽深，我们侧身进入这些通道，把世界留在另一边。

大麻这个非法的名词在许蓝的嘴边一出现就带上了一种资深的感觉，这使我吃惊不已。他说:

什么时候我们一起飞一把?

他没有解释"飞"的含义，但我本能地就明白了，不但明白，而且深为震动，有被击中之感，只一个"飞"字，就使飞的气场骤增，空间膨胀，这个字既是一条通天大道又是一番空中的境界，它本身携带着能量，像子弹一样把人打出去，它把一种激动充盈在内心和四肢，这种激动一直延伸到我的梦中和醒时。

是什么样的感觉使吸大麻者创造出这样光芒四射的行话来?

许蓝像所有搞艺术的时髦青年一样热爱摇滚,有追星的倾向,他的表哥跟一位当代著名摇滚歌星有过从,他第一次看到的大麻就是从歌星那里来的。他仅有的几次大麻史亦是发端于该处。

吸过大麻使许蓝在我眼里顿时变得历经沧桑和充满神秘感,他不再是一个乳臭未干的小男孩,他唇上的细小绒毛亦因大麻而有了某种深意,我排除了他惊慌失措、手忙脚乱、如同大麻学校(如果有这个学校的话)的一年级新生那样没有经验的过程,他肯定错误四起、洋相百出,肯定没有飞起来,他因为紧张什么感觉都没有,他因为想要充老练而不停地说假话,当别人问他:你飞了吗?他肯定说:飞了。其实他没有飞,他很清醒,半点都没有进入状态。他一口咬定他飞了,他描述的飞的感觉跟别人描述的相差无几,别人半信半疑,他便一再重复他的飞,直到大家都相信为止。

我一点都不注重他的这个毫不精彩的过程,我紧紧盯着他吸过大麻这样一个结果,我不管他是怎样吸的,是资深老练还是初出茅庐,不管他吸成什么样,真飞还是假飞,飞得好还是飞得糟糕。总之许蓝有了一小点指甲大的大麻史就成了我的导师。有的事情就是这样,只需要经历一次性质就会改变,这种事往往是违法的事、惊险的事或者稀奇古怪世人无法企及的事,比如杀人,杀了一次就成了杀过人的人,而吃饭这样的事情吃了多少次也改变不了一个人的性质。

只要处在"大麻"这个词的词场中我就本能地成了小学生,我们无法对着一无所知的事物冒充大师,不然心虚会使我们头上冒汗神情可疑语言不流畅,我们不是天生的骗子所以我们只能当小学生。

我问许蓝:飞的时候会看见什么呢?

他说:有时候看见一个人缩得很小很小,像拇指那么小,有时候还会倒过来,头朝下。

这是我的想象所没有达到的,一个人缩得很小很小,简直像《艾莉丝漫游记》那样的童话,一瓶药喝下去,身体就缩成拇指那么大,我一时觉得又新奇又兴奋,大麻顷刻间变成了童话,这真是我始料未及的。一个被视为洪水猛兽的东西一飞就变成了亲和力极强的童话,这真是可爱极了。写到这里,我已经不知道大麻到底是什么或不是什么,它跟全世界的禁止有什么关系,它跟那些国际刑警组织的枪战、贩毒者的落网和死刑、人的堕落与犯罪、艺术家的衰竭,等等,到底有什么关系。我只知道我对这种未知的事物产生了不可阻挡的好奇心,我在探索它的过程中吃惊地看到它变成了童话。

我反复问许蓝,吸完大麻多长时间才"飞",一"飞"就看见人变小呢,还是过一会,是慢慢变小的还是忽的一下就变小,我的提问像一个歌迷对自己的偶像、士兵对元帅、生者对死者、此岸对彼岸，对一个我们根本无法到达的地方，我们只能询问从那里来的人。

许蓝尽可能给我解答，他说他的一个朋友往汤里下了三颗，让他的女朋友全喝了，结果"飞"了三天三夜，躺在床上看到她的男朋友一会变大一会变小，最后许蓝承认自己其实没有"飞"，他"飞"不起来，"飞"的感觉全是听人说的。

许蓝的诚实使他从导师的位置一下掉了下来，我们开始平等地谈论这件事，"飞"这个字时隐时现地穿行在我们的话语中，成为我们两个人的秘密，在对方说出这个字的时候另一方总是会心一笑，或几乎亦同时地说出。这种呼应和微笑使我们在那样的时刻感到彼此心心相印，谈论流行音乐的时候，我刚一说出艾敬的城市民谣不能让我飞，许蓝马上说爱尔兰歌手恩雅能飞，我接着补充说崔健也能让人飞，而且能使许多人飞。这样的默契使万头攒动的体育馆座无虚席的疯狂的听众、崔健以及他的歌声从我们之间浩荡而过。

谈论人、谈论电影、戏剧，从此只有一个判断词，"飞"还是不"飞"，飞就是好的，否则等而下之。这使我们互相总是保持着向对方印证的愿望，因为跟别人交谈无法使用这个秘密的词所以总是感到不过瘾，说等于没说，只有跟许蓝说了才算是说了。

"飞"使我们肝胆相照，超越了男女之间的吸引而成为了一对铁哥们。许蓝摩拳擦掌两肋插刀地说：

姚笠,我一定要弄到大麻,我们一起飞一把!

这样的话常常使我们四目相对,眼睛晶亮,这多像一种爱情的感觉,我总是心里一动。动过之后我发现许蓝的眼里有一种东西,这种东西使我想到若是真的"飞"了将发生什么事情男女两人失控了会发生什么事情实在是太明白不过的了,但我不打算跟一个比自己小十岁的男孩发生点什么事情,我不知道这到底跟我的生理还是心理构造有关,何况我跟他的母亲还认识。

凭我的经验我感到许蓝有这种趋势,他的诱惑无所不在,他总是提到莫里森与女记者,提到大麻,也许对他来说并不是一种诱惑,而是一种信号与暗示,而我却总是感到这种诱惑与危险。事情说来确实有些颠倒,谁都认为只有成熟女性引诱年轻男孩,而决无小男孩引诱成熟女性的道理。我不知道我是不是无意中引诱了许蓝,我想起几年前唐近说过的话,许蓝狂热崇拜女歌星某某,他说你长得极像她,我看他连你都爱上了。但是那个时代已经过去了,许蓝的爱好已到了摇滚和实验话剧的时代,他一次都没有提到过那位女歌星,他好像把她完全忘掉了。

许蓝说:姚笠,等我弄到大麻,我们一起"飞"一把。

我说:好。

他又说:说定了?

我说:说定了。(就是这个时刻我心里一动。)

他说:要找一个隐秘的地方,只有我们两个人。

我没说话。

他又说:肯定不是在你的宿舍,我去找一个地方。

我说:行啊。

(许多杂念开始涌进来,使我回避他的眼睛,我的决心变得不那么坚定。)

他说:还得找一个第二天没有什么事的日子,万一"飞"起来,你就上不了班了。

我迟疑着说:不过最好找一个第三者在旁边看着我们,不然两人都"飞"了不好办。

许蓝的眼睛暗了一下,说:一定要别人在场吗?

我说:最好有。

他问:你是不是有点怕?

我反问道:怕什么?

许蓝说:反正你有点怕。

我没说话。

过了一会许蓝又说:怕就别吸,吸了也不会"飞",吸了白吸,糟蹋了,这东西还挺贵挺难弄的。

我心一横,豁出去说:我不管了,吸就吸。

我想即使真的发生点什么事情(莫里森和女记者赤身裸体点火吸大麻的场面立即像雷声一样滚滚而来,他们的各种姿势碰撞到我的皮肤，碰撞的声音震耳欲聋，我一时不知道自己说了什么），那也是值得的，这种富有神秘色彩的经验对我太有吸引力了，与"飞"的感觉相比，所有的一切又算得了什么呢！

关于大麻的对话结束之后许蓝将我送回沙滩大院，当时夜已经很深了，连日里报纸又报道了某某学院被人破门而入一天杀死三个人的事情，社会治安很不好，许蓝把我送到大院门口我才松一口气，但他抓住了我的车头说：姚笠，你像莫里森的那个女记者。他坚持送我到宿舍，在我开门的时候他已经把车支好，我一进门他就搂住了我。

他强扳着我的脸，同时俯身向我，他的气息粗重而灼热，还有些发颤，我感觉到他的嘴唇碰到了我的脸，接着又碰到了我的嘴，我的双腿有些发软，紧接着我的全身都有些软了，我没有推开他，我站着让他吻我，但我不呼应他，并不张开我的嘴，相反抿得紧紧的，他用舌头舔我的嘴唇，还用舌尖顶我抿紧的唇缝，同时发出"唔唔"的召唤声，像一个有着委屈的孩子。我闻到他的嘴里散发出一种类似薄荷的气味，这气味年轻而纯洁，使人想起春天里新绿的青草，柔软、湿润、干净，使人在视觉的舒服中产生一种深深的感动。

这种美好的气味使我恢复了冷静，我仍然站着，我站得直直的、稳稳的，我仍抿着我的嘴唇，我想耐心地等他结束。

但许蓝的气息越来越重，他更紧地箍住了我，他开始用牙齿轻轻地咬我的嘴唇，他的脸变得更烫了。我一点都动不得。

他突然一下把我抱起来，几步就到了床跟前。他把我往床上放，我尽量不让自己躺倒，我使劲坐了起来，但许蓝按住了我的双肩，他两腿叉开站在我的跟前。他又要向前搂住我，我说：够了，许蓝！

他一时不动。

我拍拍他说：好了，好了。

许蓝马上有些丧气，看样子有些想哭。

我拿起他的手在我的手里放了一会。他仍然十分沮丧，我反复说：没事，没关系。一点都不要紧。

许蓝在屋子中间站了一会。我说我送送你吧，他说不用。然后他就走了。

回想整个过程，我觉得自己有些变了，按照以往的经验，对于这种突发性动作我常常会惊慌失措，在惊慌中任由事态发展，不管这种发展是否符合我的意愿我都无法扭正，我曾经以为这是我的天性。但是在这个深夜，事情忽然就发生了变化，这种转折使我吃惊不已，我意识到在与许蓝的交往中我成熟了，成熟的标志就是冷静、沉着，按照自己的意愿扭转局面，用一个夸张的词来说就是力挽狂澜，这本来是用在伟大领袖身上的词，用于革命产生危机的时刻，其结果是革命从胜利走向胜利，这使我想到伟大领袖就是全中国最成熟的人。这样思路是有些滑稽可笑，是叙述中的沙子，正因为沙子的存在，叙述才变得松软舒适。

当时我力挽狂澜的举动就是拍拍许蓝说：好了，好了。然后再说没事，不要紧，没有关系。现在想来，这些话含义丰富极了，我没能在当时就搞清楚它有可能有多少种意思，是安慰？鼓励？或是告诉他我不在乎，不抱成见？总之这话和动作使许蓝渐渐安下心来，恢复了常态，使我们之间堵塞着的尴尬渐渐消除。

事后我对自己的这次应变感到惊讶，我的语言与动作的娴熟程度就像曾经使用过多次的常用武器，屡屡使用，屡屡得手。我常常使用这一手法拒绝别人吗？许蓝也许就是这样想的，他不知道正是因为他的被拒绝使他在我的生命中具有了里程碑的意义。

这一事件及其结果使我认识到，有些常识是错误的，常识认为，一个人通过与比自己年长的人交往会成熟得更快，在我与许蓝的交往中我却意识到，我之所以一直成熟不起来恰恰是因为我总是被笼罩在比我年长的男朋友的阴影下，被他们所获取、所控制。在比自己年长的人身边，我们永远生涩幼稚，缺乏自信，因为我们没有经验，许多事情一做就做错了，做错了事使我们加倍感到自己的愚蠢，所有乱七八糟的感觉就像野草与藤蔓布满了我们，吸走了我们应有的养料和水分，而我们身边的年长者这时更像一棵大树，遮住了全部经验与信心的阳光,所有到达我们的光线都经过了叶片的过滤,所以我们的成熟总是不彻底,我们的花朵总是不够辉煌。

对那些比我们年少的人我们天生就站在了俯视的位置上,这使我们无端就有了自信,这就跟谁站在了高处谁就离太阳更近一样简单。我们立即适应了这种自信,仿佛它与生俱来,它早就藏在我们的血液、骨骼、毛孔、头发和指甲盖里,自信同样像舞台的灯光,它先于观众悬挂在舞台的上方,当它的观众就座,大幕拉开,灯就亮了起来。一个人要是想让自己迅速成熟起来,必须跟比自己小的人在一起,这是我当时得出的结论。

我一直等许蓝的电话,他曾说过牟森导演的于坚的《零档案》要演,整出戏只有三个演员,到时候一定一块看。谈论大麻的那次他说因为姚依林死了,姚住的后圆恩寺胡同戒严,戏要往后推一推,我想在春节前许蓝会给我来电话去看《零档案》。

我一直等他的电话。

我想我们之间的尴尬我已经化解掉了,而且我会更加善待他,也许我们的关系会有所发展,最后水到渠成也未可知。

许蓝一直没有消息,一个星期内就放寒假了,我无法找他,我既不愿上他的表哥家也不愿上他家,那样都不自然,我想唐近或许蓝的表哥都会发现这个女人不正常,这两个人的关系不正常,当事人怎么申辩都没有用。

我不知道许蓝为什么不再来，已经是深冬了，天空整天灰蒙蒙的，云层厚且冷，夜晚变得无比漫长，许蓝不来，没有戏看，漫长的夜晚没有了尽头。我开始想念许蓝，他洁白的牙齿，黧黑的皮肤，他的结巴，他的嘴唇柔软而灼热的感觉，他的薄荷般清凉的气息，浩荡而绵长，以及他紧紧相拥的强力，这种力量经过积蓄而爆发，年轻、热烈、纯洁，它在我的记忆中显得美丽而珍贵，如同一种非凡的火焰，被我的记忆滤净了危险的本质，只呈现出它耀眼的明亮，它远离了许蓝而单独存在，在我的室内到处跳荡，并且照耀了我的皮肤，使之敏感而激动。

　　在空荡荡的室内的夜晚，我常常设想有一个年轻的男孩，他手拿绳子将他的女主角弄到一个荒无人烟的孤岛上，他是否先把她打昏，在她昏迷的时候亲吻她？吻她身体的起伏和凹凸的细微之处，她的体香在她昏迷的时候也没有消失，反而因为周围空气的清新而更加浓郁。他沉浸在这香气中，疯狂的欲念就像周围汹涌的海水一阵阵地被风抛到空中。

　　我坐在黑暗中的前排，或者坐在正中央，就像一个偌大圆圈的小圆心，我所看到的一切，在我心中的环形银幕上出现，那是一部隐形的片子，从来没有被别人看到过。那上面的海水的飞沫有时会溅到我的脚边，但它的男女主人公永远被囚禁在上面。

他在亲吻她的同时抚摸她和挤压她,她的衣服已被他脱光,他曾经小心地将她的连衣裙垫在她的身体下面,以免她的身体直接硌在粗砺的沙子上,但他将她翻来翻去,他的激情把他的细心完全覆盖了,她的连衣裙在一个他没有觉察的瞬间被一阵风掀到了海里,那鲜艳的玫瑰红在翻腾的海里鼓荡着,闪闪发亮,异常醒目。

她在他的亲吻和抚弄下开始苏醒过来,陌生而熟悉的快感在这个离婚的女人的身体里涌动着,它变成一种节奏开始起伏和呻吟,但她仍然紧闭着双眼,这是一个不管处于何时、何地,面对着何人(我想她的意识里会知道这个人是谁)都紧闭着双眼的时刻,两个人血液的轰响从环形银幕的每一个角落震荡,它们被环形的幕壁所折射,集焦到我的身上,血液的声音被放大了一千倍,震耳欲聋。在声音的震荡中他覆盖了她的全身,潮水涌上来,高高地打落在两人身上,银幕上一片水白,就像午后的暴雨在我的窗玻璃激起的那一层水白,在我的写作中,它们是同一种东西,它们在一些特殊的时刻来到,弥漫我们的视线。

为什么此时此刻会出现一个环形银幕呢?银幕上为什么会出现这样的画面呢?

这是谁的性幻想?女人的还是男人的?

那个年轻的男孩是谁呢?

第五部分

患　者

———

　　患病的感觉很久以来就存在了,在这个炎热的夏天里开始愈演愈烈,热浪袭击北京,令人头昏脑涨。在这样的日子里,我看到街边出现了简易床和席子,有人四仰八叉地睡在上面,在不是睡觉时间的清晨和傍晚也躺在上面,他们呼呼而睡的情景使人想到蒸笼般煎熬的夜晚,这种情形我只在那些号称火炉的城市里最热的时候看到过,也就是说,在这个夏天,北京跟任何火炉城市毫无二致。许多人家安装空调,在灼热的室内坐立不安地听见安装空调此起彼伏的电钻声,使人不是想杀人就是想自杀。便宜的应急的台式电扇已经没有卖了,我到商场去,在购买家电的柜台挤了一身汗,没有找着我在家里设想的、下了一番决心才决定买的电扇,便到一个摆着苍蝇拍的柜台买扇子,我一眼就看到一些圆圆的葵扇插在那里,这是一种棕榈树的叶子做成的扇子,它们米黄或者豆青,散发着棕榈的芬芳,它们被剪成圆形,叶茎就是天然的扇把,它们轻盈而坚挺,与空气有着巧妙的切入和神秘的默契,使它们召唤而来的空气变成一种穿越棕榈流动的风。

这样可爱的扇子在我亚热带的 B 镇俯拾皆是,它最广大最朴素,它们在遍地的月光下叮当作响,它们圆形、凉爽的影子就是 B 镇夏季里盛开的花朵,我热爱它们,就像热爱棕榈与月光。普遍的事物使我想起子速的爱好,为什么我在长热之夏还能写作,我想就是因为子速是我们这个时代和我生活中的一阵凉风,这个形容既幼稚又不讨人喜欢,但我确实就是这样认为的。按理说这么热的天我一坐到桌子前就会有四面八方的火蹿到心里来,在那里加倍地燃烧,一切文字的感觉和所有的灵感全都焦灼不堪,有生命的东西谁能与火焰抗衡呢?

我同时怀想 B 镇和子速,这是两样互不相干的事物,我思维的独特之处就是把不相干的事物凑在一起,这样往往能出奇制胜使我自己的眼睛为之一亮。在想念 B 镇的同时我总要连带想到 N 城,前者只是一个小镇,纬度比 N 城要低一些,它棕榈(那是葵扇在树上的形象,那种奇怪的叶子神奇而婀娜,浓绿而闪光,它本身就是整个亚热带的浓缩)的规模比不上 N 城,但我常常愿意把这两个地方的棕榈混为一谈,这样我的眼前总是出现一片旖旎风光,被我高度理想化的棕榈大道在我的视野里无限延长,一直铺陈到天边,阳光极其明亮地聚集在宽大坚挺的棕榈叶上,它们耀眼而飞快地从我身边掠过,在它们的中间,是我在 N 城居住八年经常穿越的广场、街道、商店，另一些种类的树木（羊蹄甲、槟榔树、扶桑花），以及我熟悉的、爱过或仇恨过的人，它们从宽大而明亮的棕榈树叶中渐次开放，像电影一样流动并充满了我的视野。

在 N 城，四月份的气温就高达三十五度，十一月份的气温还会是三十五度，这是一个非常炎热、炎热的时间异常漫长的城市，我在这个城市居住了八年，在这八年中我一次都没动买电扇的念头。我天生害怕那些机械的、属于科技文明范围的东西，我从来适应不了电扇的风，这种风又硬又乏味，还带着隐隐的机油味，它一点都不能使我凉快，反而让我头晕、恶心、心里冒火，在我的经验中，不扇风扇的热是可以忍受的，而风扇带来的不热是难以忍受的。

我还害怕电脑，觉得这种闪光复杂的东西随时都可能爆炸，把我的脸炸得稀巴烂。甚至电视，甚至电话。

我花了十几年的时间才逐渐克服了对电话的恐惧，这是一件奇怪但却非常真实的事。绝大多数的人、正常的人都不会害怕电话，因为打电话看不到对方，消除了正面压迫，不少难以启齿的话、担心受到拒绝的话都可以在电话里从容说出，据说某旅美作曲家向一位在国内就出名出国后更出名的电影女演员求婚，就是当面求了不成功，继而在另一个国家用国际长途电话求成功的，女演员的母亲撰文认为这要归功于电话，因为很多话在电话里要比当面讲容易说出口。

在 1992 年之前，我对打电话这件事情一直感到一种不可思议的紧张，即使在同一个城市里，对方家里和办公室的电话都很好打，我也常常不打电话而用写信代替。文字使我自由而话语使我障碍，隔着电话机使我的语言加倍障碍，每次打电话我都会出现同样的症状：手心出汗、心跳加快、嗓音紧张变形、结巴、词不达意，等等，以至于在必须打电话的时候我总要把准备说的话在心里练上一遍又一遍，以便到时候能够流利一点，但往往事与愿违，这样排练的结果常常是更加阻挡了正常语言的行走，这使同一句话变成了两种不同性质的物质，一个柔软宽松（这是它本来的质地），一个生硬紧密（不恰当的表达使它完全变了质），它们互相穿越、互相妨碍，一个把另一个绊倒，它们搅在一起使我的思维混乱不堪，我在拿起电话听见里面的电流嗡嗡声的时候竭力回忆自己默诵了多遍的话，而这个时候我总是不能很顺畅地回忆起来，我往往把第一句记起来的时候却把第二句忘了，而第三句隔着空当尾随而至，这使我的话听起来不明不白，我还最怕别人问我，这种提问打乱了我背诵的整体，使我更加不知所措。

我所害怕的事物总是跟电有关，这使我想起小时候的事情。那时候我对电有一种隐秘的好奇，在漫长而无聊的下午，我独自一人在一所大房子里游逛，我走过房门紧闭的一个又一个房间，我把走廊里的灯开亮了又拉灭，因为这个过程实在太简单，我便为自己增加了一道手续，我在拉灭灯之前总是先把开关盒的绝缘盖旋开,我把这个神秘的物件的内里看了几遍之后又感到了不满足,于是我决定把手探进去。

我肯定知道触电会死人,但我没有亲眼见过,也不相信自己会触电而死,试试触电的好奇心压过了一切已知的危险,我飞快地把手伸进去一碰又飞快地缩回来。

首战平安使我既得意又失望,我漫不经心地往开关里的金属片一碰,与此同时我感到我的后脑勺被人用大粗木棒狠敲了一记,我惊叫着回头,我的身后空无一人,我往走廊的两头张望,没有看到有任何人,大门紧闭着,整所房子只有我一个人,这时我才明白过来,刚才我后脑勺被木棒重重一击的感觉就是触电的感觉。

晕车是我的另一种酷刑。

我的晕车不是一般的晕车,我只要一坐进汽车就会晕,一闻到汽油就会晕,一看见汽车就会晕,我走路或者骑车时汽车从身边缓慢经过(缓慢经过的感觉容易使我错误地认为自己正置身于汽车之中)也会晕,这些都是在身体不太好、睡眠不足的情况下发生的极端例子。通常的情形是能在车上坚持一个小时左右,一旦超过一小时,无论任何事物都不会使即将到来的晕车有所改变或减轻。我先是觉得眼皮发重,我所吸进的好像不是空气而是另一种有重量的窒息人的物质,冷汗紧接着出来,被一种侵入体内的重浊之物挤出毛孔,它们本来支撑着我的体力,它们一旦被挤出体外,我的力气也就随之消失,我立刻感觉到我的四肢发软冰凉,我的呼吸开始急促,心跳加快,我清楚地意识到,我开始晕车了,这是一个可怕的意识,我千百次地被它控制住,又千百次死里逃生地逃了出来,我怕它怕得要命,我总是躲不过它,它像一个小而隐秘的网,紧紧地追随着我,嗖的一下把我网住,它只把我网住,别的人全都安然无恙,他们是自由的人,沐浴在正常的阳光和车速中,健康而明亮,而我却是被囚禁的人,我的阳光不是他们的阳光,我的车速也不是他们的车速,我被悬置在另一个空间,在那里,重浊的物质穿透我的身体,它们要把我体内的一切东西全都挤出来。

这时我总会听见一声惊叫:你们看,她的脸怎么全绿了!这是一声判决,本来我的一切难受只是自己的事,我愿意相信这很快就会过去,只要我咬紧牙关忍耐下去,我不见得不可以获救,我给自己鼓劲,在心里唱歌转移注意力。但是我听见了这声判决,这声判决就像一道闪电,它导致的惊雷在我的头顶轰响,使全车人的目光一下对着我而不是对着它,我一下被暴露了,被暴露的同时被隔绝,被区分,在众多的目光之下我感到我的脸我的全身瞬间变成了一种黄绿的颜色,我彻底成了另一种人,我感到了彻底的绝望与无助。我胃里的东西开始上升,那是一种与我相对抗的力量,我在最后的时刻深呼吸,想要阻挡它们,我一下就失败了,胃里的东西喷得满身都是,溅落在车座和车厢里,难闻的酸腐之气浓重地弥漫、缠绕。

如果全车都是陌生人，我会遭到共同的厌恶，公愤是一种可怕的东西，它无声的浮动使我感到羞辱（呕吐之后有一段短暂的轻松，使我去除了晕车的枷锁而恢复了自尊心）；如果全车都是相识的人，我就会得到一些关心，有晕车药、糖果、话梅放到手里，但车里的酸腐味会使我无地自容，在熟人面前出丑比引起陌生人的厌恶更令我害怕，我心里明白熟人跟陌生人一样讨厌呕吐，只不过被礼貌地掩饰了。

这种想法使我心理阴暗。

停车的时刻就是救命的时刻。停车的时候男人和女人分别到两边的树林里方便，我逃离汽车就像逃出了牢狱，站到地上就感到了轻松和自由，晕车的感觉奇迹般地在几秒钟之后全部消失，我不需要像别人那样去方便，因为我已经轻度脱水，两眼深陷了。

在我有了单位之后，每次坐汽车我都要在随身携带物品中放上单位的牛皮纸信封，以供呕吐专用。这种信封的好处是：坚挺（拿在手上不像塑料袋那样软、那样随着流质移动）、开口稳定、饱满（塑料袋的开口总是贴在一起）、纸厚，在一次呕吐的时间里绝不渗漏，吐完之后下车时扔掉，下一次呕吐（相隔几分钟至半个小时不等），再取出一个新的，它干净，易于放进包里，易于抽取，更让人高兴的是，在任何一个单位，这种信封总是取之不尽、用之不竭的。

如果坐两三个小时车,我就带两三个信封,如果坐半天车,我就带五个,如果坐一天车,我就带十个。信封使我感到极大的安全与安慰,它使我轻松、从容、心理稳定,它比任何晕车宁、任何口感良好的小零食、任何千奇百怪防止晕车的伎俩(往肚脐眼贴伤湿膏、使劲掐虎口、嘴里含一片生姜等等)都更使我放心,我知道我将安静地坐着、不惊不乍,文雅地不动声色地晕车,它保证了我的自尊与洁净,除了同座几乎所有的人都不知道我晕车吐得一塌糊涂。凭着这些牛皮信封我经历了十分艰苦的考验,我乘坐卡车、防疫车、吉普车、面包车、轿车跑遍了西南各省,车子每天蛇行在盘山公路上,总是车一停就吃饭,一吃完饭马上开车。还有一次,就是跟子速在一起的那次,我们乘一辆日本巡洋舰吉普车从内蒙呼和浩特走了三天草原自然路到一座草原上的城市,返回的时候仍是坐汽车,早上六点出发,晚上十点半到北京,车上所有的人都坐得全身关节发硬两眼发直。

长途跋涉使我得到锻炼,使我在一次旅途的后半截不再晕车,这个发现使我惊喜交加,无限激动,我想从此我就解放了,我可以没有任何负担地到任何地方去,原来人们所说的晕车的原因是因为坐得少不适应,这的确是一个真理。但下一次我的晕车又再次开始,从天昏地暗到重新平静。

任何锻炼对我都不起作用,这使我放弃全部的幻想,面对这必不可少的灾难。

（关于现代文明我也许还要说到工厂，我想让它一掠而过把它放在括号里。在中学时期我们常常要到工厂去学工，在某个中学生的眼里，工厂是一个由铁和油构成内脏的怪物，在庞大的车间里人就像虫子或蚂蚁，废铁皮弯曲而旋转，像热带植物般蓬勃地生长，它们就是工厂这特殊的花盆培植出来的奇怪的植物，它们叶片锋利，绵绵不绝地散发着铁腥的气味，它们不是靠泥土、水分、空气生长起来的，而是相反，泥土和水会使它们生锈、腐烂、剥落和消失，在它们消失的地方黄色的粉末堆积，被风吹散弥漫在空气中，制造着工厂特有的气味，或者被雨水浸泡为一摊黄色的锈水，那黄水向四处流淌，将工厂的所有空地染成鲜黄、红黄或暗黄的颜色。

它们呼吸着噪音生长，每一分钟都被车床飞旋而出，它们像大团大团铁的云朵堆在厂房的外面，堆得比厂房还高，像科幻片中未来世界硕大无朋的南瓜和白菜，它们总是堆得很高才有人运走，它们所造成的压抑永远存在。

这样的环境不是人的环境，空气、水、饭菜、每个人的头发、神情，统统都有铁的气味，敏感的孩子在工厂里会产生晕车的感觉，头晕，直至呕吐。

这就是我对工厂的认识。这种认识肯定是片面的，带有小农思想的可疑之处。

我是不是一个反动的人呢？

没有人能回答这个问题。）

在这个夏天开始的时候,我看见院子里的一棵老银杏树突然发黄了,满树的叶子像密密麻麻的黄色蝴蝶浮在屋顶,使整个院子散发出一种焦燥的气味。每个办公室都相继响起了咳嗽声,此起彼伏连成一片。咳嗽的声音愈演愈烈,既响亮又干燥,所有走进这个院子的人都会莫名其妙地咳嗽起来,所有的人嘴唇干燥、嗓子眼又干又痒,这使锅炉房的开水总是供不应求,各个部门川流不息地打开水,办公室的开水总是一打回来就没了,谁也搞不清楚这几个人哪来的超常饮水量。锅炉的水是循环水,打的人太多,水总是不开,于是又有一些人开始拉肚子。在这个夏天,厕所总是满满的。

　　咳嗽的现象普遍而严重,大家由此变得有些会心,一上班就交流秘方。最后我们纷纷去找"国医之家"的"咳嗽王",在那条灰色的胡同里我们早上去挂十块钱的号,傍晚排队看病,然后各自在煤气灶或煤炉上熬起了千年的树皮草根,我们把又苦又黑的汤药喝到肚子里,苦涩的黑汤在我们的肠子里弯弯曲曲地流动,使整个院子都飘满了一种药的气味。院子里的草、丁香、海棠和柏树全都带上了一种隐隐约约的药的颜色,使这个院子呈现出一幅奇异的景象。从汤药里我喝出了甘草的成分,伴随着咳嗽声的减少,我发现大家的嗓子都变哑了,当谁要开口说话的时候,我就看见话音空洞而沙哑,像一些被风干多年的物质。我想这都是甘草的作用,它在遏止咳嗽的同时也遏止了声音。

银杏树在夏天里变黄,这使我想到《红楼梦》里那棵开得不是时令的海棠花,腰扎红绸的海棠树在我的眼前隐隐浮动平添一种妖气,夏天里满树鲜黄的叶子带着一种不祥之兆压在我们部门办公室的屋脊灰色的瓦上,是否有一种邪气进入了这个院子,化做一种在夏天里使人感到刺眼的颜色看着我们每一个人?

除此之外,院子里两棵五百年以上的古柏被一种红色的花朵缠上了,据说那是凌霄花,红色,藤本,往年我们在初夏看到它如期开放缠绕在茂密的古柏上,在伟岸苍翠的枝条上红色鲜艳的花朵灼灼夺目,既美丽又奇特,是人世间可遇不可求的美景,赏心悦目,使人珍爱。凌霄花的花期很短,几天就会落下,早上我们上班的时候会看见地上落下的凌霄花鲜红如故,散发出一种凄艳的美感。扫地的女工说,这落花拿来晒干,可以止血。但是这个夏天柏树上的凌霄花一直没有落下来,它们日复一日地纠缠在树上,仿佛有好几个月的时间了,它们的颜色也变得越来越陈旧,由艳红变得暗红,红中透出一种黑色。同时它们密密麻麻疯狂地生长,挤满了柏树的大部分枝条,一进院子就会看到柏树身上暗红的颜色,如同得了某种久治不愈的皮肤病。

我想这一切都是因为这个院子的气场出了问题。

夏天开始的时候，社长老马告诉大家，每一个人都要去找钱，不然的话就没有饭吃了，国家从这个夏天开始不再给报社一分钱，但报纸也不允许办到地摊上去，大家只有靠广告才能过日子。

吃饭的问题使我们心情沉重。

从那时候开始，在院子走动的人变得稀少，有时候在中午时分走进院子里，竟空荡荡得没有一个人，银杏树上一树姜黄和古柏树上的一层死红格外触目，平添一层瘆人的气氛。

漂亮的女记者开始把嘴唇涂得鲜红，她们一下就放开了，穿上了别样的服装，短皮裙闪闪发亮（据说皮裙在南方是某一类女人专门的"制服"，一看就知道是干什么的），我坐在室内看到她们在一些大企业的老板面前微笑，后来老板很愿意把广告给她们做，我提前看到了她们的创收任务完成得很好，虽然她们已经完全忘记了新闻的正确写法，但年终还是获得了最佳记者的称号和奖金。后来证明就是这样。

我们都很服气，因为我们吃的饭就是她们要来的。

在这个夏天，许多事情都陆续发生了，我想这都是那树永不落下来的凌霄花引起的，我有时在夜晚里看见这树死红的花朵一朵朵落下来发出"叭叭"的响声，我看见它们分别落到了一些人的心里和头顶上，它们既很重又很柔软，于是一些人的脑子里和心里就充满了这种花朵，在那里，花朵的颜色重新变得诱人，使充满了它的人从此有了新的行动。

　　张丽丽有一天忽然认识了一个做桑塔纳生意的老板，那老板夸下海口要赠她一辆浅蓝色的桑塔纳，这种颜色的车那时很少见，张丽丽一下就走进这个幻境里了，到了这个境地她搞不清楚这一切是真是假，她走路的姿势变得有些犹犹豫豫，脸上泛起一种别样的神情，她自己常常搞不清楚这件事，她逢人就讲她的情人，情人于是常常到我们的院子来，我们都注意到这人的脖子上有一大片红斑，像是长年不愈的牛皮癣，他站在凌霄花缠绕的古柏下使人觉得有些相通之处。后来有一天，老板的老婆到报社里来，她脸色蜡黄，身上的衣服既高级又丑陋，她手上拿着一叠照片，逢人就揪着给人看，据张丽丽说她已经喝了两次敌敌畏了，但老板说一定是要跟老婆离婚跟她结的。我们一直没有看到这个结果。

　　在这个夏天，有一种类似夜来香的气味愈来愈浓郁，它从副刊部的办公室飘出来，弥漫了整个院子，我常常在沙滩大院越过黄昏看到主任老韩和爱好散文的打字员小吴在办公室里相对而坐，我的这种本领可能得之于我的女友李莴，关于她我在下文还要提到。黄昏的时候整个院子里空无一人，小吴的长发在老韩的脸上飘来荡去，他们身上的光点闪闪烁烁，完全相同，它们的密度、明暗、色彩都一致。后来两个人的影子重叠在一起，互相缠绕和撞击，发出痛苦和快感的声音，这声音在安静的院子里清清楚楚。他们办公室门口的月季花出奇的好,枝繁叶茂,大家心里都明白这是怎么回事。后来办公室日益出现了油盐酱醋锅碗盆瓢,饭菜的气味在黄昏的时候从副刊部飘出。后来小吴怀孕了,宫外孕大出血,黄昏的时候院子终于空了下来,只剩下一些树精和花怪在院里游荡。

刚刚评上副高职称的贾新忽然要去开饭馆,他的门面在地安门,又窄又暗,和贾新毫不相称。报社唯一的女博士周倜整日面壁,一言不发,对一切视而不见,我们不知道她到底在想什么,我觉得她在这里的是一个影子,而她的真人却在很远的地方,偶尔她的真人回到单位,她总是轻蔑地说这里的一切庸俗不堪,毫无价值。说完之后就开始做眼保健操,做完之后就对一切视而不见了,我们觉得这是一个难以捉摸的人,高深莫测。50岁的老罗因再一次评不上高级职称终于发作,他像那些被丈夫遗弃的女人那样喝了敌敌畏,在抢救的时候办公室安排每个人轮流值班。之后报社就给了老罗一个副高职称,老罗用生命换来了职称却不好好工作,每天跑到雍和宫北边的河里钓鱼,完全像换了一个人。

独身女编辑冯凉青在这个夏天开始做一种稀奇古怪的气功,据她所说这叫阴阳功,她常常身穿一件宽大的黑色衣服,"孤独"这样的字眼经常从她衣服的接缝处跑出来,像看不见的尘埃在她的周围飞来飞去,沾在她的头发上脸上和心里,她的身上孤独的气场十分强烈,她往任何地方一站我们一下就感到了。冯凉青喜欢站在柏树跟前做气功,她宽大的黑衣和她古怪的姿势使任何一个人看了都会觉得像女巫,她伸出瘦长的手在空中抓,一把一把地抓,好像空气中有许多抓得住的东西,她在空气里抓了以后就放到自己的头顶上和身上,她说这是抓天地之气补自身之躯;然后她又从自己身上抓,抓了往外甩,一把一把地甩,我们看出这是往外甩浊气,这时我们尽量避免从她身边经过,关于浊气的暗示使我们感到头昏。我看到冯凉青抓到的是一些青灰色的气体,这种气体充满了她的全身,积淤在她的皮肤上,使她日益孤僻和古怪。我将冯凉青的名字写给李苪看,她静心看了一会,说这个人阴气太重,她抓到的全都是阴气。后来冯凉青就变得有些模糊虚幻,我看不清她的形体,只觉得有一团青灰之气在移动。

报纸每天都差不多,上面布满了不灰不红不蓝不白的颜色,从头到尾都是一些似曾相识却又不知所云的图案和文字,许多人面呈疲惫之色,许多人渐渐懒散,搓麻将的声音在这个夏天像知了一样鸣响不息,回荡在这个院子中午的每分钟时间。

我无所适从落落寡合,我不知道我应该像女博士那样面壁沉默还是像冯凉青那样做气功。

我的思维开始有些混乱,神情日益飘忽。我觉得领导也许快要解聘我了。

这一切混乱不堪!

辞职的幻想一再出现。

我想我再也不愿意在这里待下去了,这里的气场使我感到难受,一些莫名其妙的气总是跑来跑去,带着一些让人恐惧的形体。黄色的银杏叶子和缠着古柏的凌霄花一直没有落下来,我觉得它们永远也不会落下来了,它们将死死地长在那里,日复一日、年复一年地散发出一种让人头昏的气体,最后它们不再是花朵和叶子,而变成了一种像水泥和钢铁那样的东西,冰凉而坚硬,敲起来梆梆响,它们变成了一种没有生命的东西,而无生命的东西总是比有生命的东西存活得更长久,它们将长于我们的生命而存在,到最后,满院的青草和树木将全部枯萎,人也早已不知去向,在这个荒凉的院落里.只有钢铁般的凌霄花和银杏叶子傲视一切,它们在多年前的一个奇怪的年头出现,从此就没有消失,它们受到一种奇怪的气体的浸淫而变得日益坚硬, 我看到在这个变化的过程中(我们不知道这个过程是缓慢还是迅捷) 我也渐渐脱离了人的气味,脱离了柔软的身体和水分,退化为坚硬的物质,这个遥想使我身冒冷汗。我并不希望自己变成非生命的物质。

在我所作的有关逃离的想象中,我看到自己递交了一份辞职报告,然后把档案(这东西可以证明我从未干过坏事)存放在人才交流中心,然后我就没有了工资、没有了公费医疗、没有了劳保(就是每个季度发下的毛巾、肥皂、香皂、洗衣粉、洗头液、洗洁净)、没有了逢年过节的大米和水果。我将一无所有地在社会上谋生,我在各个用人单位辗转,被人试来试去,我还去找各种各样的人像乞丐一样求得帮助。我还没有找到固定的工作我就病了,我根本看不起我的病,医疗费一涨再涨,一次门诊就耗尽了我全部的积蓄,更遑论住院治疗,而且我还要吃饭,还要交付房租水电费。一个又穷又病的女人独自躺在一间空屋子里,我确实清清楚楚地看到了这个景象,我一点办法都没有,真的走到了绝境。活着还是死去,我必须回答这样的问题。如果活着,这样活着究竟又是为了什么?如果死去,我是否已万念俱焚,就此甘休?

关于疾病我想我一点都没有夸张,我太有可能大病一场了,我已经三十多岁,确实到了应该有病的时候,我有时候头疼,我的心动过速,我的关节有时候酸疼,它们全都是一些明白无误的信号,还有更多的隐藏在深处尚未浮出来的疾病,我一辞职它们就会出来,它们的影子已经在我的眼前晃来晃去,窃窃私语,它们私语的声音在深夜里变做大声喧哗,使我难以成眠,它们纷纷跳跃,像鲤鱼跳龙门一条一条跳到我的眼前,我看到它们分别是:心脏病、脑瘤、关节炎、乳腺癌,还有一些我根本叫不上名字但形迹恐怖的疾病,它们像水一样不可阻挡地浸入了我的房间,从我的脚上升,一直漫过我的头顶。

这时我看到自己的影子往南方飘飞,听说那里有一家新开的报纸,向各地招聘记者,有工作经验者最欢迎,月薪一千二到两千元,每年有半年时间到香港工作。我开始向朋友打听这件事,听说了这报纸最终没有办起来,已经辞了职过去的顿时没了着落,正在一处又一处的报社辗转试用。

我决计不辞职。

我选择活着。我既要活着又要逃离目前的生活,我既要每月拿到活着的钱又不要走进那个变得怪里怪气的院子。那么我该怎么办呢?

装病这个很不好听的词从许多与我有同样想法的人的脑子里集合起来纷纷落到我的头上,它们像雨点那样浇到我的身上,这个词的形态使我感到亲切,它是我命中的福祉。想到这招儿我一下觉得获救了,我看到自己的影子首先奔波在一些医院之间,我在医院没有熟人,我的若隐若现的病症牢牢地隐藏在深处不发出来,各种名称和形状都古怪的仪器都查不出我的病,查不出就无法开病假,我只有拿到一些有病的血液或尿液才能证明自己有病,我看到自己的影子在医院飘来飘去找不到一个适合落脚的地方。

这种观望使我失望极了。我为什么不病呢?装不了病我就想得一场真病,心脏病太危险,随时都可能玩完,肝炎是传染病,一旦发现就得隔离,想到自己将在某个传染病院里跟麻风病人、艾滋病人、肺结核病人关在一起,我立即就放弃了得这些病的念头,最后我跟绝大多数人一样,认为得肾炎最好,又干净又没有太大痛苦,只需休息和营养,属于比较体面的富贵病。

吃饭的问题总是时时袭来,每次开会都强调创收,逐个谈自己的创收设想,汇报进度,拉得着广告就有优厚提成,拉不着就等着扣奖金、扣工资,乃至扣过年的大米。我们既创不了收又躲不开这一切,我们已经明白世界上的钱都是很难弄到的,当乞丐也是一件很不容易、充满学问的事。我们顶不过吃饭的压力心甘情愿病一场,疾病是我们在这个世界上唯一的保护伞,唯一的房子和唯一的窗帘。

我完全消除了打算辞职时对疾病的恐惧,一念之差就变了,疾病在我对它的依赖中迅速集合起了亲和力,聚集起了亲切的形态和面容,它微笑着日夜在我的眼前走动,像我最好的朋友,虽然不能给我切实的帮助却总能给我极大的安慰,想到世界上还有疾病这样一种可爱的东西,我就可以平静下来得以安睡。

有一天在我昏昏沉沉的睡眠中出现了一个年轻的女孩,她剪着流行的短发,戴着深度的近视眼镜,白上衣蓝裙子,一点都不化妆,我一下就想起她是谁了,她的名字在我的眼前铺陈了一条金光大道,宽且直,一直到蓝色的天边;她的职业就像一个硕大的水晶球,带着一种透明的蓝色飞快地滚动而来，从天边一直到我的床前，带着摩擦空气发出的呼呼声，我知道我将乘坐上这只世上罕见的硕大的水晶球，在透明的蓝色中一直滚动到某张病床。

高敏跟一位得了许多金牌的著名跳水运动员是同一个名字，这使我不用记就记住了，她是我弟豆豆住院时的主治医生，想到有豆豆作榜样，扮演一个精神病人将是一件可能的事情，想到有高敏在医院里，我就不至于被当成真正的精神病人来治了，那些被绑起来的精神病人，饱受摧残、伤痕累累、目光呆滞、举止缓慢，身躯面目全非，使我心里疼痛无比。

豆豆用过的那些药，盐酸苯海索片、氯丙嗪、氟哌啶醇片、安度利可，它们的味道开始在我的舌尖上涧开，我看见它们不可阻挡地流进我的喉咙，它们被凉而淡的开水冲下去，遍布我的血液和大脑，它们把住了我的每一个活跃的细胞，使它们安静、变凉、死去。豆豆去年出院的时候我替他取了一堆药带回 B 镇，高敏说 B 镇这么边远，不一定有安度利可针剂，当然有更好，打针方便，一个月打一针就行了，高敏说氟哌啶醇跟安度利可是同一种药，一种是片剂，一种是针剂，下面要是没有这种药就用氯丙嗪代替，她告诉我这两种药的转换要有一个过渡期，一种慢慢增，一种慢慢减，在一周内完成。我用纸仔细记下这些，再寄回给我的母亲，让她督促豆豆吃药。有一个同乡要回去，豆豆就跟他回去了。

豆豆得病之前，我一直觉得精神病是一样离我很远的东西,远得不止隔一重大海,只会发生在资本主义国家的《追捕》里,而且永远只发生在资本主义里,我的确就是这样想的,只有当豆豆真的穿上了病号服,被关在进出都要锁上门的屋子里时,我才明白,这事真的来了。

去年春末夏初,我上班的时候忽然接到母亲的长途电话,她忧心忡忡地告诉我,豆豆跟一个出差的表哥到北京来了,他打了他的领导一巴掌,然后就不敢去上班了,在家里躲了两个星期,不愿见人,说什么也不愿意上班,让他给人赔礼道歉,他买了一兜水果托人带去,自己不敢去。听说表哥要来北京就跟着来了。母亲担心豆豆有问题,嘱我一定注意他,而且千万不要问他打人的事。

豆豆果然来了,我在宿舍里用书架隔出一块地方给他铺了一张简易床,让他先自己出去走走,我有时间再陪他。我牢牢记住母亲的话,并不问他为什么这时候来,请了多长时间的假。

但是关于如何逛北京的话题他一点都不感兴趣。他反复问道:怎么办?怎么办?到底怎么办?

我说什么怎么办?

他茫然地看看我,然后诡秘一笑,说:我打人了。

我便问他打了谁,他说打了他们组长。我说你为什么要打组长呢?他说他老骂我。

他说这怎么办呢?

我说你要是觉得打得对的话就要理直气壮,是组长自己欠揍,你要是打得不对就赔礼道歉。

他说我已经道过歉了,不过我可能还是打得对,我不应该道歉。我打得对不对呢?对,还是不对?是他骂我,他老骂我,他还说我一点用都没有,老婆也跑了,读了大学照样去不了科室。不过打人还是不对。

豆豆跟我的对话变成了自言自语,到最后他说:我全乱了。

对于他完全沉浸在这件事里,我并没有感到有什么不对头,我让他出门走走,到美术馆或东四步行就到了,而且绝对迷不了路。

他就出去走。

然后回来。

回来就坐着,只字不提对北京的观感。

我问他去转了哪里,他茫然地说不出来,他反倒问我:我这是到了北京吗?我觉得还是在家里,我看北京跟 B 镇差不多,到处都是一样的高楼,B 镇的时髦女孩比北京女孩穿得还时髦。

我还是没有在意,我说 B 镇离广州深圳近,无非是沾点港风。

我发现他还是沉在那件事中,他每天都要问我几次:姐,我打了他一巴掌到底对不对?到后来他就有点混乱,说:我到底打没打了一巴掌呢?

他坐在他的简易床上,他觉得他有些明白了,他说我现在有一种很怪的感觉,好像我没有在现实里,来了好几天都没觉得来到北京,我现在关键是要回到现实里,我觉得一定有一种办法,我现在还没有找到这种办法。

第二天他一大早就起来,他说他已经知道怎么回到现实里来了,他要出去找一种办法,不用我陪。

那天豆豆整整走了一天,直到晚上九点多钟才回来,他两眼发直、嘴唇干裂,他说双腿像有很多针在扎,他说他走了很多地方,脚都快走断了,但还是没进到现实里,就像隔了一层东西,像看电影似的,看得见,但就是进不去。

我问他吃没吃东西。

他认真地想了一会说:没吃。

我又问他是不是一整天都没吃。

他又认真地想了一会,说:是。

我问:那你喝水了吗?

他仍想了一会说:没喝。

豆豆的发作是在清晨。起床之后我看见他对着窗口,他一下就大声嚎哭起来了,一点抽泣的过渡都没有。他一阵阵嚎哭,开始时还像是人发出的声音,后来越来越像是狼在嚎叫。

三十岁的豆豆,对着窗口嚎叫,他不怕人听见,他的声音粗砺而嘹亮,由于拼尽了全力而悠长无比。

哭过之后他告诉我,如果不哭他十分难受,不哭他的头就要裂了。

他三十岁,离了婚,老婆跟一个个体户开卡车的走了,把孩子也带走了,他是一个工人,为了改变作为工人的命运他连续考了五年大学,他的总分从来没有到过两百分,他盲目而坚韧地背诵那些语文和政治,心里怀着模糊的希望。后来他糊里糊涂跟一个比他大三岁的农村女孩结了婚,生了孩子之后他忽然痛下决心,丢下家不管,停薪留职,借钱凑够了两千块到省会N城念了两年自费大专,念书的日子是他心情最好的日子,尽管他经济紧张债台高筑,他总是幻想他毕业有了文凭就能调一个好工作,就能摆脱任人宰割的命运。结果他回来没多久老婆就跑了,他还是干他原来的工种,用推车运陶瓷的坯泥。他一次次跑调动,一点效果都没有,他又一次次去找厂长,想要调到科室去当资料管理员,他经常坐在厂长的家或者办公室门口的台阶上,厂长十分忙,从来没有理过他。他渐渐成了全厂的笑柄,谁都有权取笑他,他的地位比他自费上大专前还糟。

他说所有的人都监视他,议论他。

他从B镇来到这里,他说到了北京怎么还有人跟踪他,他看见跟踪他的人手里拿着对讲机。他说他不是一个人,他是一个烟囱。

他为这一切而哭。

我知道事情已经不对头了，我一下就想到了精神病人和精神病院，高仓健在《追捕》里被人灌药片的景象开始在我的宿舍里膨胀和变形，我向一些熟人打听从精神病院出来的人是什么样子，她们说肯定会迟钝一些，胖一些，黑一些，但不治是不行的，会深度发展，会治不好，误了一辈子。

但我还是不想让豆豆住院，我想他哭过了发泄出来就会好的。

这时我想起了我不久前采访过的一个摇滚歌星 W 的故事，与摇滚有关的任何事在我所供职的报纸是不能见报的，我应南方一家发行量很大的晚报采访 W，这人的经历很特别，他说他有一个潜意识，认为自己是罪恶的惩罚者，有一次他一人手持两把砍刀杀伤了三个痞子，其中一个是工商局长的儿子，此人无恶不作，结果公安人员来了家人就说他有病，把他送进了精神病院，一住两年多，在那里他经常被绑起来，每天都得准时吃药，他知道他不能吃那些药，想学横路敬二把药呕出来，但每次都有人在旁监视，吃完还得拿水灌，然后还抽血检验。后来他就真的像精神病人那样嚎叫起来了，他也不知道他是不是真病了。没多久他的脑子就完全空了，全身发软，一走路头就着地，写一个字脑袋就疼。他想他这样下去就会彻底完了，他决心救自己，他让一个病友帮他，每到吃药时间他就大闹，医生一分神，W 就把药吐到一个备好的大罐里,验血时他也千方百计糊弄过关,第一天他把针管打碎,第二天他跟病友打架,第三天他让病友往装试管的车尿尿,每次都把医生气得大吼而走。这样奇迹发生了,W六天没吃药,体力迅速恢复,在一个月黑风高之夜,他用早就藏好的砖头把值班人拍昏,越墙而去。W说,我把以前的一切都忘了,父母的名字也想不起来了,我不知道到哪里去,我就靠着一棵大树听火车的声音,我忽然明白,乘上火车就能到一个完全陌生充满希望的地方。

我想豆豆跟W是完全不同的两种生命,W充满了自由的意志,有能力自己救自己,豆豆无法企及,豆豆比老鼠强不了多少,他只能吃药,人家给他多少他就吃多少,直到精神被完全摧毁。

同时我对豆豆是否真的得了精神病没有把握。

但是一两天内豆豆就变得很混乱了,这种混乱显而易见。他从早到晚像一个哲学家似的发问:"我是不是人?""我怎么会在这里?""我在这里干什么?"

然后他又自己回答这些问题,他的回答使我吃惊。

他说:我是小鸟。人人都是小鸟。

我是外星人。我是三岁的小孩。

我在这个世界上根本就不存在,我要返回这个世界,就得想办法,走出这间房间。

在他混乱的日子里我给他一个厚厚的本子,鼓励他清理自己的思想。他的脑细胞异常活跃，这是后来高敏说的，我当时看到的直接后果是，豆豆在一天之内就把一个寸把厚的本子写满了，就像一个受到神灵控制因而才思涌涌的狂人作家。

本子开头字比较小，后来越写越大，思维混乱而跳跃，狂人日记。"窗外的东西都想打我，"他写道，"我是那烟囱吗？""让我先看看中间的椅子骂不骂人。"这样的句子充满了他的本子。这些异常的东西被判为精神分裂症，那无数的药片就是摧毁精神的。

豆豆光着脚站在地上，他用手在地上画了一道线，然后他站在这道我看不见的线里头说，我怎么也出不去，我不知道怎么才能出去。他不知道喝水，我给他倒了一杯开水，忘了盖上瓶塞，豆豆就说这是对他的考验。到最后，他开始在房间里跑来跑去，他似乎已经忘记怎么走路了，在需要走路的时候他就小跑，哪怕是从床到桌子这么近的距离他也要跑，这使我想起《烈火中永生》的华子良以及《飞越疯人院》里那些以同样姿势跑步的人。

整个晚上我都没睡着，我不知道下面会发生什么事情，我决定还是到安定医院挂个号问问医生，豆豆还没有醒，他在本子上写到四点才睡，我翻到他写的那一页，上面正写着：

如果我是希特勒，不是，我是黄金龙、市长、书记、秘书，我不是，有人在说豆豆怎么了，怎么干什么了，但豆豆在哪里我不知道,这间屋子外的人声我知道是谁说话,外面很摇荡的,我的空间感一下子从这间屋子到外面的空地,另一个我(在 B 镇)不断地出去,每一步动作前都有一物帮我阻止可怕的事情发生(喷嚏)。

我把本子放进提袋里,然后穿上短风衣。当我把自行车钥匙放进口袋的时候手指触碰到一团又凉又软滑腻腻的东西,这使我大惊失色差点惊叫了起来,那怪异非常的触感使我一下想到刚生出不久的死耗子, 皮肤光滑的青蛙尸体等等。我喘了一会气才敢撩开风衣的口袋,我看到的是一只打着死结的避孕套,乳白色的精液满满地鼓在里面。

我吓了一大跳。

我愣在那里拼命回忆前一天我脱下风衣挂起来的时候口袋里到底有没有这东西,我记得没有,当时我从这个口袋拿了自行车钥匙出来,这么异样的东西我肯定会发现。

想到有可能是豆豆放进去的, 我吓得汗都冒出来了,我想可能有三种情况:梦游,半醒半睡,神志完全清醒但精神却异常混乱。我一下觉得这三种情况都有可能导致某种危险,关于精神病人力大无穷的传说使我加倍紧张起来,我想我不得不把豆豆弄到医院去了。

在路上我才想到,豆豆怎么可能有避孕套呢?在男女关系上他是一个非常胆小的人,十分被动,否则也不至于被一个农村女孩追上结婚,生了孩子之后另寻高枝把他扔掉了。我回想起前一天我骑车的时候被一个男人撞了一下，之后那人飞快地骑远了，我还记起上班时我曾把风衣脱下放在椅子背上。但是回到宿舍我的确没发现有什么异样。

我脑子混乱地到安定医院挂了门诊，我把豆豆的本子拿给医生，我的陈述刚刚开头，医生就打断了我的话，她说这是典型的精神分裂症，不要耽误时间，马上送来住院，不然发展下去就不好办了。

豆豆住过三个月的那个地方在京郊昌平县，从沙滩出发要走两个小时，那是一个荒凉的地方，四面是稀疏的麦苗和一片树林，这片树林使我有些喜欢这个地方，每次我来看豆豆，看见高大的树木繁茂的叶子被阳光照得闪闪发亮，被风吹得闪烁不定，我心里就会充满一种既凄凉又温暖的感觉。我常常在这时候感伤起来，想到豆豆的命运，我自己的命运，想到我们早已不在的父亲。这时候我总是步行，脑子里一边想着许许多多的事。公共汽车停在马路旁，然后是岔路，路口停着一些摩托三轮，每次他们都说：坐车吧，两块钱。我总是步行，一个人安静地走二十分钟心里就觉得妥帖一些。

开始时我一点都没想到北京的医院有这么糟糕的，虽说它是分院，又在郊区，但它毕竟是北京的医院，我怎么也没想到，这医院会比广西 B 县的县医院差得多，至多跟 B 县的某个公社(这是一个陈旧的称呼，但我不知道现在叫什么)级医院差不多，甚至更糟。那天上午看完门诊已经十一点多了，我下午才把豆豆骗到总院去,我告诉豆豆,有一个很好玩儿的地方,有草地和树,我们去散散心,当时豆豆正在发愣,他将信将疑地看着我,然后他忽然像想起了什么似的说:对了!我应该去。我替他收拾东西,他似乎有些明白,他先把他的毛巾带上了,然后出门的时候他又把房门钥匙交给了我,我真不明白他怎么会知道他将不回来,用不着钥匙了。

我领着豆豆乘地铁到积水潭,步行一段路到安定医院去,医生问了豆豆一些问题,一边听我陈述一边写了两大页病历,然后我去交押金,然后我到住院处,我心里开始轻松起来,因为最令人发愁的事情已经过去了,我曾经担心豆豆不愿来,担心他在路上跑掉,我一个人实在是应付不了。幸亏这些事情都没有发生,上午门诊的时候医生说不要把精神病院想象得那么可怕,这里条件是很好的。在国内是一流的,是开放的,经常有外国人来参观,而且最近床位空得很。但是住院处的老头告诉我,总院没有床位了,我发了一会愣,他又问我昌平分院去不去,我连忙说去。

后来高敏说其实有许多分院,东城锣鼓巷就有一个,豆豆所住的分院是条件最差的,不过也有一个好处,费用低。我没有问她是否给住院处的老头塞钱就能住上总院或者近一点的分院,那是我自己悟出来的,在送豆豆去分院的路上我忽然记起了传媒关于治病送红包的报道,我想若当时就给那老头塞钱也许能住上总院,这样我就不用每周一次跑这么远看豆豆了。后来我又想,即使我当时就悟出来,我也不知道该塞两百还是五百,怎么塞,再即使我知道塞多少和怎么塞,我当时也拿不出这笔钱,豆豆的押金要五千元,我只凑够了两千五,我现在想也许住院处的老头完全是出于好心,他看我只交了一半的押金就明白我的经济实力了,他安排豆豆到条件虽差但却是最便宜的分院,实在是人性尚存。

这样当我把豆豆送到的时候已经是下午四点多了,后来我才知道这是一个很不好的时间,医生马上就要下班了,我觉得整座医院只有一个医生,她烫着时髦的发式,摔摔打打,骂骂咧咧,她几次说:总院真缺德,这时候把病人送来,她打开一间简陋的小房子,到处找空白病历,她打开了所有的抽屉,翻遍了堆在桌上的所有东西,就是找不着,她一边找一边说:空白病历呢?空白病历呢?怎么会找不着呢?真奇怪。我站着等她找着空白病历办住院手续,我觉得这真是荒唐极了滑稽极了,医生办公室会找不着空白病历。我看到有半截吃剩的面包在办公桌上,还有一杯长了一层锈的茶,打开了半截的抽屉里有一张油洇了一大片的黄纸,我不明白为什么会把包过油条的纸放在抽屉里,一把椅子的脚断了,一条脏兮兮的毛巾搭在窗台上,整个房间是一股很不好闻的味道。

豆豆已经被一个自称院长的男人领到病房里去了,院长拿着一大挂钥匙,态度热情,衣服却脏得可以,而且很不整齐,只扣了一个扣子,我很怀疑他的院长身份,后来我才听高敏说他其实只是护士长,他十分热情地介绍说现在全世界的精神病院都是全封闭的,他说家属请放心吧,这里从来没出过事(我后来才明白,所谓出事就是指的病人自杀),我问他是不是把病人绑起来呢?他说一般都不绑。他又从精神病的起因讲起,他说这一切都是猜测,不像别的病可以有别的诊断手段,对精神病来说,X 光、B 超、CT 都无能为力,所以只能猜测着治,所以不能根治,他说精神分析虽然厉害,但那玩意儿太复杂,目前国内只有一个人能做,在首钢医院,是个老大夫,已经退休了,这老头能把一个人十几岁、几岁一直到婴儿时的结全解开。

热情而好卖弄的男护士长一直唠叨到女医生上来,女医生找不到空白病历就向他发火,他好脾气地去找了病历来,女医生皱着眉头写了半页病历,然后说,行了,明天上午十点来谈病历吧。我完全被弄糊涂了,刚刚才谈过病历怎么明天还要来谈病历,就问她明天谈什么病历,她说谈病历就是谈病历,然后就出来把门锁上了。好在从此以后我就再没有跟她打过交道,豆豆的主治医生是高敏,这真是谢天谢地。

这个分院荒凉而孤单,它不与别的房屋毗邻,它的楼体陈旧,长年失修,进大门两侧的草就有半人高,一道道门走进去,大门、二门、小门,它深处的院子里漫布着一些穿着病号服的人,很少看得到穿着白大褂的医生或护理人员,这使这个院子显得更加荒凉。豆豆随着药量的增加,已经变得呆滞迟缓,他直着两条腿走路,他的四肢和目光都显出了同一种质地,同样的软而直。豆豆还变得十分听话,接受任何人的指挥。

我一次又一次地来到这里,我对精神病院的恐惧已经消失,对这里条件太差也改变了看法,男护长对我说,精神病人没必要吃得太好,因为他吃了什么自己并不知道,他们完全沉浸在精神之中,我能接受这种说法。有很多次,我发现这里竟有一种祥和的气氛,这是精神病人传导给我的。有很多次,我走进他们的院子里总会看见几个病人围在一起看什么,我每次都看到他们中的一个举着一根十分简单的小草对着阳光看,他们的脸上露出欣喜的神色,这使我觉得他们就像孩子和诗人。有一次豆豆的一个病友举着一张雪糕的包装纸到我跟前问我这上面是不是有七个小企鹅,他歪着头一只只数给我看,最有趣的是女病人,我常常看到她们四五人一组由护理人员领到田野上散步,她们在前面走,护理员在后面跟着,她们扭着腰肢,还往头上插野花。

他们对一切无所谓。我不知道他们是被摧毁了还是被解放了,在这个炎热的夏天,我对精神病院的日常行为(绑起来,强迫吃药等等)视而不见,我只看到一个成年的孩童对着阳光举着一株小草,那草叶在已经过去的那个春末被过去的阳光镶上了一道金边,它毛茸茸地带着一种祥和与满足柔软地来到我的跟前，带着清凉的气味和湿润的绿色，在我的睡眠中变得繁茂无比，在柔软飘动的草叶间，是女病人头上来回摆动的黄色野花。

它们对我缠绕已久。它们对我的迷惑日益加深，我想我若是要逃离现实，逃离社会，逃离生活，精神病院也许是最好的去处，这比睡眠、戏剧、大麻更适合我。

我在一个安静的时间（一个布满月光的夜晚，像德尔沃油画中的那种悬浮的月光）走出沙滩大院，我知道那里的沙子每天都在增长，它们最终会连成一片，淹没这个院子，看到它们已被我甩在了身后我心里一阵得意，我的脚下变得轻快起来。我一直向北走，我曾经走过多少遍的路在我面前渐次展开，我远远就看到了那片树林下那幢暗白色的三层楼房，我已经有一年多没有来了，看到它既感到亲切又觉得有些陌生，我发现它变得有些神秘，有些奇怪，它在月光下静止不动，同时有些悬浮感，总之有点不像在我们生活的这个空间中的房子，它什么时候到达了另外的维度呢？德尔沃的月光给它上了一层别样的光彩，迷蒙而清凉，有一种难以言说的美感，我不知道它什么时候就变了，过去我总是在白天看到它，它在阳光下呈现的形体是一种世俗的影子，只有到了夜晚，它真正的质地才在月光下浮现出来，就像我现在看到的，暗白、神秘、飘动、寂静。

道路从我的脸上掠过，稀疏的麦子在抽长，发出细微的簇簇之声,我看到一些身穿灰白条纹衣服的女人在麦地里飘动,她们的脸上浮着恍惚的神情,头上的花在叮当作响,她们使我感到熟悉和亲切。我抬头的时候昌平分院就到了,我轻盈地走进大门,两旁的草高而荒凉,二道的木门无声地打开了,没有灯光,也没看到人,一切都浮在月光中,油漆剥落的长木椅、简易的楼梯、铁的扶手,它们全都带上了一种月光的质地,看起来好像月光从它们的里面散发出来,宁静无比,灵性无比。

我踏着楼梯上去,心里十分宁静。我在楼梯口碰到了男护长,他对我的到来一点也不吃惊,他冲我点点头,然后把钥匙给我,然后他就不见了。封闭的门无声地打开,我走进去,所有的房间都寂静无声,房门洞开,我一直向深处走,走到他们的饭堂,我看到这里有许多人,但一点都不显得拥挤,他们围着一样巨大的东西在走动,我搞不清楚那是什么东西,我觉得那是一片水洼,月亮在水里柔软而妩媚,他们开始不停地用手搅动那片水洼,碎银般的月光从清澈的水中反射到他们的脸上,产生出一种奇异的效果。有一个声音对我说:快来吧快来吧快来吧。

我知道我不是他们,但我会变成他们,如果我当真装病到精神病院去,即使不给我服药,我也很快会被诱发,我想那些异常的细胞已经开始在我的四肢和大脑游荡了,我深知这一点,精神病有百分之八十跟家族病史有关,在豆豆发病之前,我曾以为家族史仅限于父母、祖父母的疾病,现在我已经知道,只要有血缘关系的亲人得病就算是家族史,比如表姐,表姐跟姨妈有血缘关系,姨妈又跟母亲有血缘关系等等。家族史在豆豆之前就已经影影绰绰,豆豆的得病使一切确凿无疑,我想我的病因肯定一直潜伏在我的体内,一经诱发就会出来。

在恐惧和诱惑中我找到了高敏家里的电话,高敏的学生气质从一开始就使我无比信任她,我喜欢她理得又短又直的学生头,喜欢她的眼镜和干净的白衬衣,喜欢她朴素的蓝裙子和小巧的白凉鞋,我讨厌那个理着时髦发式的女人,一切的时尚都莫名其妙,一切的时髦都虚伪做作,在这个炎热的夏天,我没有来由地对时髦的东西产生了反感。我对高敏说想去看她,跟她谈谈。她告诉我她已经调回总院门诊了,分院那边是轮流去,每人一年,她已经到期了。我说我第二天上午到总院门诊找她。

我对是否把自己的真实想法告诉高敏一直没有打定主意,我想她一定觉得这个念头有问题,一定很不理解,同时我对自己是否真的住进来也犹豫不决,我想我也许可以告诉她我是体验生活,总之这一切混乱不堪,我唯一坚定的念头是必须去找高敏,找了她怎么办我并不知道。

第二天上午我到安定医院总院去,我曾经来过这里两次,但我发现这次气氛有些异常,总院大门有十几个人在围

观,大楼里却十分安静,没有看到穿白大褂的人走动,我走到跟前一看,一大幅横标赫然在目:

还我亲人!

我打听到是出事了,听说昨天夜里一个刚入院的女病人用月经带上吊自杀了,医生没有来得及给她开医嘱,护理人员不知道她是怎么回事,没有给她吃药,也没有特别看住她,结果她很容易就自杀了。亲属不肯干休,分头行动,打了市长电话,又贴了大标语,这会儿除了值班人员全体大夫正在开会呢。

我就没去找高敏。

—

第六部分
月光与水稻

—

———

我迷恋月光下的事物由来已久，月光在我的记忆中神秘而荒凉，它的阴影和清辉，以及月光下伫立不动的人、树木、接近明月的难以企及的高山，在这个夏天向我散发出阴凉的美感。

在这个夏天，我第一次与保尔·德尔沃相遇，这种相遇使我与他的作品（油画印刷品）之间产生了一种奇怪的关系，我总是下意识地把登有他油画的杂志放在明显的地方，这个地方常常是不固定的，有时是书桌的左上方，那是我在写作的间歇总要注目的地方，有时是床头柜，在睡觉之前和起床后第一眼就看到，有时是餐桌。我还莫名其妙地把这本杂志带着上班，我把它放在一个敞口的纸提袋里，搁在自行车的前筐，我在骑车的时候无意一瞥，就能从敞开的提袋看到杂志封底德尔沃月光弥漫的油画局部。这种下意识的动作反过来使我产生了一种错觉，我觉得这本神奇的杂志不是一本，而是许多本，它们同时被我置放在书桌、床头柜、餐桌……办公室等等,它们环绕着我,散发出非同寻常的月光。

我没有找到德尔沃的其他作品,我反复欣赏的只有这本杂志中选载的五幅,其中两幅是黑自的压题图,两幅是彩色插页,一幅在封底,是油画的局部。他的月光是梦幻中的月光,我们永远无法从眼前相同的事物中找到一点相同的质地(这跟当代和城市有关,高楼和霓虹灯早就隔断和污染了它,我们也早就忘记了它最初的样子),德尔沃,他所再现的遥远的国度的遥远的月光, 我不知道它到底跟我有什么关系,没有笑容的夜晚,幽寒的弯月高悬,惨淡的清辉遍洒,月光下的裸体女郎,神色呆滞、表情木然、神不守舍,我无比喜爱她们。

德尔沃使我在心里再造了一片月光,这片月光广大而阴影重重,近于巫术地在我所到之处的白天和黑夜弥漫,我在这片虚拟的月光中睡眠,远去的水稻从月光的阴影中渐渐涌动,覆盖过我的头顶。

南方稻田的万顷绿波高低起伏,如同 B 镇的丘陵地带那样绵延千里,宽阔无边,我常常身在高处看到这无边的稻田,水稻在它的秧苗时代清新而柔软,它们像一群小姑娘紧紧挨在一起,站立在一汪南方的水中。它们比最美的麦苗还要美,顷刻间我就看到所有的水田遍布了它们。"水稻",这个世界上最美丽的字眼,它遍布着全部的南方农村,倒映着南方的身影,它们在水田里等距离地一蔸一蔸地站立,吸纳阳光和纯正南方的气息。水稻生长的姿势令我无限怀想,它们在我的视野中扬花抽穗,乳白色的花粉在阳光下闪烁、飘扬和芬芳。比起后来金光灿烂的成熟季节,我更钟爱这一片绿色的万顷波浪,它在我远离南方多年之后在我睡眠和遐想的日子里降临,在这片一望无际的万顷绿波的缝隙间,南方的芭蕉树、古榕和竹子,水塘与河流,乌篷船与花头鸭在水稻的身影下时隐时现,它们给无边的水稻以亲切的实感,但更为浩大的事物仍是水稻。

南方的风在水稻的绿波上翻起涟漪,它们一圈圈扩大,与别的涟漪融为一体,只有南方的风才能使南方的稻田有如此从容闲雅而又生机勃勃的涌动。有一顶斗笠从高处慢慢飘落,飘落,它一直没有落下,一直在万顷绿波之上,在我的视野中一再飘落。

在这个闷热难耐的罕见的夏天,水稻的意象使我感到了双足的一片清凉,赤足站在水田里的感觉被我遗忘多年,那种切肤的裸露之感被我长年累月的鞋袜所覆盖,多年来我完全忘记我的童年和少年的赤足时代了,那时候我每年有半年打赤脚(这半年是亚热带漫长的夏季,是四月到九月,有时会更长,从三月到十月,别处的春季和秋季到了亚热带一律变成夏季,就像 B 镇的柚子到了别的地方会变得又苦又涩),我看见自己每天光着脚沿着河岸踩着细沙去上学,这种情形几乎贯穿了我的整个生长期,我脚型的形成得益于这种长期的放纵,成长得天然、舒展,与所有生长在城市的、从零岁开始就包裹着双脚、除了游泳和洗澡外从不赤足的孩子截然不同,是真正的天足,健康而自然。我看到自己在久远的年代举起的一只沾着沙子的脚,那上面的石英质在南方的阳光下闪闪发亮,它的形状使我想到最野性的初始时期。这样的双脚没有任何事情可以阻挡。

长久以来,只剩下了与游泳池坚硬冰冷的建筑物质相对接的赤足感觉,与水田里泥土接触的快感已经成了久远的概念。在身体的各个器官各个部位(眼睛、耳朵、舌头、胳臂、乳房、腹部、大腿、脚)中,脚的记忆是最为麻木的,它几乎没有记忆,在它的感受中,只有丝袜与线袜的区别,皮鞋与胶底布鞋的区别,在无限的重复中它的记忆已经遭受了毁损,接近它的事物如此简单,远远不及手和眼睛。只有裸露的脚,它的记忆才最丰富,它直接接触水泥地、青石板、砖地、木垛、沙子、泥土、河里流动的水、落叶、草(稀疏的草和茂密的草、春天、夏天和冬天的草)。裸足失去的感觉是我们文明的代价之一。

我在这个闷热的北方的夏天重新追忆多年前裸足在水田里的感觉,首先我通过田塍到达水田,田塍柔软而湿润,中间是棕色坚硬的泥土,两边是密集的无法阻挡的草边(公园里人工修整的草边是对它的拙劣模仿),这是一种自发的、奇妙的线条,将水汪汪空白的稻田分割成块状,光脚走在上面,草尖神秘地碰触到脚窝,这一点细小的碰触诱发了我,于是举起一只脚在草蓬中来回掠动,密集的草叶顷刻充满了整个脚窝,有一种辉煌的酥麻之感通过脚窝传递到我的全身。当惊喜落尽,我发现脚面一片冰凉,草叶上的露水尽数落到了脚面上,既是一种印记,也是一种余韵。这样,我们的双脚已与田塍溶为了一体,刚刚落脚时的那种陌生、警惕、小心翼翼的感觉消失了,代之以一种溶溶于心的亲和力,这种力改变了我们走路的姿势,使我们坦荡而稳健。

经过了田塍的热身运动我们来到了水田边,被水覆盖的泥土是精耕细作的泥土,它们经过几千年的耕作而无比成熟,它们一年一年生长水稻并且还要生长水稻。到达水田,我放下脚,碰到了另一种冰凉,它猝不及防,跟田塍浅表的湿润毫不相同,这种冰凉以它滑腻、黏稠的泥质一下贴住了我,有一种彻底封死、全部占领的感觉。这种感觉与其说是快感,不如说是震惊。

只有震惊这个词才能准确地形容。每次我初下水田总是会这样感到,它使我惊呼或者心里咯噔一下,这是一种简单的脚部刺激导致的具有深度和广度的情感,我对它的记忆绵延至今。经过浸泡的光滑细腻的泥土犹如大地的肌肤,它们与我短兵相接,如此之近的距离,如此之近的拥贴,与我在别的时候看到它们的感觉是完全不同的。也许从这时候开始我才真正发现了"切肤"这个词的丰满含义。冰凉的震惊感只停留在两种肌肤刚刚相接的那个瞬间,在这个瞬间之后冰凉就缓解了,它一点点变暖,最后同我的体温一样,我在其中再也不会有异样的感觉,明确的快感与不适都消失,它变成了我的另一双奇妙的鞋子。有时我想重新召回那种感受,我把脚取出来,再放进去,再取出来,再放进去,一会凉丝丝一会温乎乎的,如同踏着一只双温的轮子,但那种震惊感却没有了。

这时我站在水田中,远处和近处的水亮令我眼花缭乱,水田在阳光下一片一片,广阔而夺目,泥土的气息和水一起蒸腾,沿着田塍飞奔,在即将生长水稻的待种水田上交会。秧苗递送到我高挽着的手臂上,我托着它们,把它们一蔸蔸插入在水田里。碧绿、俊逸、苗条的秧苗一蔸一蔸地挺立在水中,它们均匀地漫布在水田里。它们渐渐在我的眼前伸延,这时候,时间变成了水稻。

我的赤足时代以水稻为背景,亮晶晶的水田布满了我的梦境和记忆,我知道它们早已远去,并且知道它们在某些时候会再次来临,就像暴风雨来临一样(我的天空乌云集结,一个当代生活中的独身女人,她所遭遇的任何一件事情都有可能转化为乌云)。在我疲倦不堪的睡眠中,缀结着水田的梦境使我呼吸平稳、肌肉松弛。每一颗水珠都硕大而明亮,它们鱼贯经过我的眼前,每一颗水珠里都有一个赤足少女,头戴斗笠、裤脚高挽、肤色黧黑、双眼明亮,那时候多么盼望早日长大,摆脱南方,哦南方,如果我不离开你,我将永远不知道你的珍贵。

　　明亮的水田边头戴斗笠的赤足少女是我为自己虚构的远年时代的一帧旧照片,我常常在沙滩大院的墙上、或者蚊帐顶上看见它,它的边缘是我熟悉的波纹花边,B镇的所有照片都出自同一台裁纸机。事实上,拥有这张斗笠照片的是我少女时代的朋友罗红,那是她戴着斗笠的头部特写,照片上布满了笠帽上竹篾交织的多边形格子,像多年以后我见到的一些追求形式感的构图,罗红两寸大的笠帽照给我耳目一新的感觉,因为照相馆照相的那一面墙上经常画着布景,画着长江大桥,画着天安门,有时也画着公园的凉亭,B镇人的照片上总是耸立着这些与B镇毫不相干的建筑,他们在这些庞大而陌生的物体前紧张而拘谨。

　　罗红的这张斗笠照并不是我多年以后虚构的站在明亮的水田边照的,现在我已经完全想起来了,她的斗笠崭新,竹篾洁净,竹子和棕叶新鲜的清香在多年以后还在那一刻散发芬芳。她没有站在水田边又有什么要紧呢?只要她的照片上布满了美丽的斗笠的格子。她的圆脸被两边的帽带勒着在下巴的地方紧紧系了一个蝴蝶结,那是一种奇怪的带子,窄而厚,由本白的棉线结成,中间却奇怪地结着一根略粗的蓝线或红线(纯白的东西在民间是否总是被视为不吉利),这种带子适用于一切地方:系笠帽、系裤腰、捆绑婴儿襁褓,等等,结实而耐用。罗红的下巴就垂着这样的带子,这使她看上去就像那位扮演刘三姐的美人。

赤足时代是热爱照相的时代,每每自以为美的时刻就跑到 B 镇中心的照相馆,三角七分钱的一寸照片在我的旧影集里俯拾皆是,纷纭的旧影使我想起的不只是水稻,还有曾在过去的岁月里进入过我眼中的所有的一切,明亮的阳光与浩荡的河流,码头与船、石桥与木桥、水田与马尾松林、青石板与沙、劈柴与木糠、火炭与谷壳、木盆与竹篮、瓷器与瓦器、天井与青苔、木瓜与龙眼,所有这一切,以及在它们周围旋转的一切,全都是我幼年时光闪闪发亮的背景,它们与那个赤足女孩生长在一起,成为她巨大而透明的翅膀,或者绵延千里的头发,在这片永远的背景中,赤足女孩腾空而起,飞越在阳光和水田之间,码头和船之间,劈柴与谷壳之间,瓷器与瓦器之间,天井与青苔之间,木瓜与龙眼之间。

在这些自远而近地到达我眼前的事物中,我最明确地感到具体质感的是亚热带的佳果龙眼,直到我上大学我才知道它在别处的名字叫桂圆。至今我还无法接受这个名字,也许我将终生拒绝它。一开始我就觉得这个名字古怪、俗气、不伦不类,它跟龙眼的称呼有天壤之别。这种圆润、晶莹、像龙的眼睛一样的水果生长在 B 镇,在 B 镇它有许多个品种,我无法一一列出它的品名,我想象在 B 镇温湿宜人的土地上,所有龙眼的品种全都不远万里地从地球的同一纬度纷纷赶来,它们这些龙的眼睛最尖最明亮,看得最远看得最准,它们统统看中了 B 县这块地方,它们一代一代地生长,在翠绿的枝头上结出累累果实。然后果实被摘下来,放到竹箩筐里挑到烤房烤干,这时的龙眼需要有人把皮剥开,把肉剥下来放在竹簸箕晾晒,这就是我最早的劳动。

我看见自己八岁时的手,褐色、稚嫩、因为缺乏锻炼而笨拙,同时沾满了细小的石英质,干燥的龙眼皮爆裂的声音带有一种游戏的成分,像淘气的孩子把家里所有的花生都剥开。劈劈啪啪的声音在夏季里响彻在 B 镇大大小小的空地上方,电影院门口的平地、公园的戏台、地坪、街边、放了暑假的学校球场,所有的空地全都摆满了圆簸箕,一排又一排,一排又一排,摆满了整个 B 镇,它比一流的装置艺术作品毫不逊色。干龙眼肉至香至醇的甜味弥漫在夏季的 B 镇,这是一种诱惑 B 镇、诱惑 B 镇的人从生到老的甜味。我们在烈日下劳作(有时会有树荫和屋檐,但 B 镇夏日的烈火会荡涤一切荫凉),从早上到下午六点蹲在簸箕旁,我们腰酸背痛,脚麻眼花,下流的故事和鬼的故事、邻居的风流轶事,我们全都听腻了,到最后我们开始憎恨这无穷无尽的龙眼,恨它们铺天盖地,恨它们远走天涯,这种仇恨发泄到龙眼身上,我们用蹭过泥沙的手,擤过鼻涕的手乱七八糟地乱抠龙眼肉,簸箕里充满了我们的汗水和唾液,我们知道它们与我们毫不相干,这些被污染了的龙眼肉从 B 镇远走天涯,世上所有饮用此物者,你们吞下去的桂圆肉就是这样来的,发泄掉的仇恨和恶意的想象使我们心生快意。

仇恨过后又是深爱，当龙眼季节消失，我们站在日渐空落的 B 镇街头，心里充满惆怅，对龙眼的珍爱之情一点点回到我们的心上。所有的老人和孩子，所有没有工作的大人，我们全都是因了龙眼才得到我们最微薄的酬劳。在龙眼季节，我就是那样每天都去挣得剥龙眼的五分钱，它们聚集在一起，成为我购买图画书的全部资财。

这时我无法不想到我的父亲，如果他活着，一个八岁的女孩是否就要自己去干活挣钱？多年来我从来不想这样的问题，我意识到现在我想起父亲是因为龙眼这样一种特殊的中介物，因为我已多次确认，我此生的第一个记忆正与龙眼和父亲有关。

我越来越喜欢睡眠，睡眠使现实的一切消退，单位、物价、解聘、医疗费，以及日益嘈杂、日益压迫的空间、日益光怪陆离的街道，这一切构成了白日里汹涌而来的波浪，我们没有任何力量阻挡这铺天盖地的浪潮，我们命中注定就生长在这浊浪滔天的世纪，没有一个人（上帝或超人）能伸手挡住这奔腾而来的水，只有睡眠使我们忘却它们，睡眠是多么好，它使我们身心悬空。滴水不沾。睡眠是我们时代唯一的上帝。

在睡眠之网里，往昔的记忆越过重重时光滴落下来，在睡眠中那是一些旋转、闪烁、飘忽不定、难以确定的事物，它们总是变形，枝节横生，使我们似曾相识却又迷惑不已。睡眠从来不会使我们获得真正的回忆,它只会把一些碎片弄出来变成稀疏的雨点滴在我们的额头上,但它是我的回忆的必经之路,是前奏,经由睡眠,荡涤了眼前的一切杂色,它分离我们使我们全身放松。然后我们醒来,我醒来,脑子里一马平川,回忆吹着嘹亮的军号,骑着白色的骏马向我走来,这时它清晰、生动、完整。最后它们抵达我的身边,环绕在我的周围,使我置身其中。

青褐色的龙眼果就是这样悬挂在我午睡过后的时间里,它饱满圆润,有一种刚刚从树上摘下来的青涩感,我在第一眼看见它的时候十分吃惊,它不同于我少年时代在 B 镇、后来在 N 城以及现在在西单购物中心千载难逢地看到的正常的龙眼,它明显地不同于它们,有一只鹌鹑蛋那么大,这是龙眼中罕见的品种,叫广眼。我舅舅曾经在一个薄雾的早晨从乡下挑了担广眼到 B 镇,我是第一次也是至今唯一的一次看见广眼,当时我的牙齿刚刚长齐,对一切可吃的东西有浓厚的兴趣,广眼使我兴奋异常,我迅速抓起一只就往嘴里放,这时候床上有一个躺着的人扑到我面前一巴掌打掉了我的广眼,这个人身材高大怒气冲冲,挡掉了所有清晨的亮光,他不顾我高声嚎叫,用他坚硬的巴掌使劲打我的屁股,那种辣痛的感觉从此留在我最早的记忆中。

这个身材高大的人就是我的父亲,他已经逝去多年,他在三十多年前身患绝症,死在异乡,没有人能确切说出他究竟埋在何处,据说父亲在 N 城火化后就地埋在 N 城人民公园内,这恰恰是多年以后命运安排我住了四年的地方,我的单位就在这个公园里,单位分给我的宿舍就是公园深处隐没在草中的平房。那是漫长而孤独的岁月,在漫长夏季的黄昏,或者冬日的午后,我常常独自一人在公园里游荡,在没有开发的荒芜的湖边和人迹罕至的后山,在太阳落山之前的时间里,我常常徘徊在那里,手里拿着一本书,在二十世纪八十年代初,手里拿着一本书使每一个人自我感觉良好,在校园或公共汽车站,在列车上或马路旁,甚至公共厕所和饭馆的餐桌,或者另一些需要排队等候的地方,书籍在那个时代货真价实地凝聚着那些美好的字眼:希望、信心、理想,等等。它如同水珠,使许多事物湿润而清新,呈现出生长的姿势,彩虹从这些雾蒙蒙的水珠中经过,到达许多人的心里。时隔十年,这一切像雾一样消退了,昨天我到北大去,没有看到草地上有人读书,有一棵树冠高大、叶子金黄的树,美得惊人,它安静地落着自己的叶子,每一张都安静而金黄。他们问我对北大的观感,我说没有看到有人手里拿着书,他们觉得这个观感迂腐而又可笑。我知道,我已经不是他们的同代人了,相差几岁就可以构成价值观完全不同的另一代。时间为什么浓缩了?为什么十年就像一个世纪?我无法弄清这些问题。

在十多年前的 N 城公园里,我手里拿着书(我觉得那是一本英文缩写本《简·爱》,我已经有十多年没看这类书了,漂浮在书页中最前面的英文单词已经消散殆尽），走遍了这个公园所有荒僻的地方，亚热带的植物繁茂无比，在夏天铺天盖地，各种花朵的气味、植物的气味像浓雾一样隐隐浮动，我当时并不知道这里埋着我的父亲，十多年后这个消息使我久久震惊，那时我已远离 N 城，后来我再也没有回到那个我曾经住过的公园。在哪一棵树的下面?被哪一片草所覆盖?那树和草是否因为他的骨灰而质地异常?有时候这些问题会侵扰我的神思，在我睡眠过后的空旷之处，它们如同一些黑色的箭，嗖嗖掠过我的眼前。关于底下埋葬了死人或动物的树在我幼年时就一再出现在我的视野中，现在想来我怀疑那是一种特殊的机缘，一种昭示。

　　家门口对面的一棵杨桃树，我曾看见它底下埋了一匹小马，毛色棕黑而闪亮。这棵杨桃树在我家窗口对过的地方日益美丽无比，在秋天我尝到了它的果实，味道奇异地从往年的酸涩变甜了。事情总是这样，在 B 镇附近的山上，长着一种好吃的浆果叫稔子，在采撷的季节，我常常会在墓地或棺材坑的旁边与那些硕大的稔子相遇，它们明显地优于普通稔子，明显地紫红饱满，充满浆汁，对于视觉是一大惊喜。与它们相比，那些我采在口袋里的稔子真是太微不足道了，只要再看一眼就知道它们是多么瘦小和干瘪，我总是不加考虑，就扑向它们，总是等我采完这些果实之后我才猛然醒悟，它们之所以奇异是因为它们生长在坟边或者被起了骨殖的棺材坑旁,这种发现使我悚然心惊,某种冷飕飕的地气立即升起,然后我才发现,同伴们早就远远地绕开了这些恐怖的果实。

在 N 城公园十年前尚未开发的空坡上,我是否在繁茂的草木中感到过血缘神秘的亲和力?因为没有墓碑的确指,任何一棵树和一株草都有可能隐藏着我的父亲,这个可能性使我对 N 城的记忆遍布着无边无际的繁茂植物,在这些遥远的浓密草木中,我父亲的面容模糊地浮动。

他从来没有给过我一个确切的面容,我三岁的时候母亲就说他出远门了,后来我就明白,他是永远不会回来了。我对他比较明确的认识是在十岁以前母亲的抽屉里,一本紫红布封皮的影集上看到的那些照片,在黑色的衬底上,父母的青春面容洁白姣好,像贮藏完好的新鲜水果,封存着以往完整而年轻的岁月,我喜欢在他们各自与同伴的合影中找到他们,那个高大而英俊的人,那个挺拔而亮丽的人,他们在人群中是多么醒目,母亲扎着长辫子,系着蝴蝶结,她的照片一直保存至今,父亲的照片在我十岁的那年消失了。十岁是我生命中的一道界线,在这一年,父亲的痕迹迅速消失,因为继父出现了。

最早的预兆就是抽屉里的紫红布面相集不见了,熟悉的东西突然消失总是使我感到不安,我每天打开母亲的抽屉,指望能重新看到失踪的影集,后来有一天它又回来了,我打开它，看到那上面是一些失去了照片的银白色相角，它们在黑色的衬纸上孤零零地漂浮着。我怀着忧伤翻动这本影集，所有与父亲有关的照片全都消失了，有时连着几面都是空白，只有母亲的照片还留在那上面，像失去了河水的鹅卵石那样光秃而孤独，有一种触目惊心的荒凉感。

从前那本影集就永远消失了，再次出现的影集没有了父亲，它不再是从前的那一本，它的残缺犹如一个失明的人和一副喑哑的嗓子。

我三岁前对父亲面容的记忆丝毫没有留存下来，小时候有时有人会问我，你记得你爸爸长得什么样吗？这样的提问使我拼命回想，有时我闭上眼睛，感到自己的记忆在一步步往前走，它飘着身体越过一道道似是而非的门，门无声地打开，我的记忆畅通无阻地向前游走，它没有遇见我要寻找的东西，那种空落的行走使我的记忆失去了标记与参照，行走换转为一种悬浮，仅仅是一种悬浮，它再也分不出哪里有方向，哪里没有，它找不到任何依傍和凭借，上下左右八方不靠，四面都是空茫。有时候在黑暗中会出现一个模糊的高大的身影，但我从未看清他的脸。我不知道我三岁以前没有看清他的脸是否因为他的身体过于高大而又没有经常把我放在他的膝上。

所有关于他的面容的印象便只是来自那些我十岁那年就消失了的照片，这中间十年的时间汹涌而过，我成长过程经历的事情像粗细不一的沙子与石砾，磨蚀了那些清晰的线条。

现在我手头的两张照片是去年我回 B 镇的时候向母亲要的，她说这是仅存的两张，我不知道她怎么会保存了这样两张照片而把其余的那些散失了。一张是他与几个年龄相仿的年轻人的合影，全身照，大家微笑地站立在一所公家房子的门口，门楣上贴着"庆祝元旦"，男同志一律穿白衬衣和西装裤，上衣束在裤腰里，年轻的女同志穿着浅花连衣裙，令我想起已经陈旧的"布拉吉"的名词和苏联的电影。母亲指给我看，他的确就是最高大的那一个，但他脸上的那小块相纸剥落了，整张照片除此之外都没有损坏，唯一看不清的恰恰正是他的脸，其余所有的人的脸都很清楚，他的身体也很清楚，但就是看不清他的脸。另一张是他单独站立在田野的风景照，他在远景上，人只有两根牙签那么大，身前身后是一大片水稻，侧旁有一所高大的白墙黑瓦的房子，他叉着一只手，意气风发的样子，但我无法在两根牙签那么大的地方看清一个人的脸。

我总是无法看清他，去年在 B 镇，老家人曾商量是否到 N 城人民公园捧一捧土代替他的骨灰，在家乡择一块风水好的地方立个位。当时我对此无动于衷，我怀疑他们说的这个人是不是真的与我有什么关系，他从不在场，我从未看清他，从未有过这是一个亲人的感觉。

我知道这是一个巨大的亏空，我知道一个人有父亲和没有父亲是完全不同的，我既不愿意要一个完全没有父亲的感觉，也不愿意要一个抽象的、观念的父亲。我相信，在我的睡眠中我的记忆已经千锤百炼，除了失去了面容的记忆，我还找到过一些曾经缠绕过他的事物。

　　越过睡眠的窗口，我常常看到多年前 B 镇的一片青苔，它近在咫尺，清晰可辨，丝毫没有受到时光的毁损。这是天井的青苔，它的三面是墙壁，青苔也长到了墙壁上，它向上的生长逐渐稀疏，这使墙壁看起来有一种由绿至白的渐进感，至墙壁三分之一的地方青苔完全消失了。天井里是年深日久的砖地，遍布着大而深的砖缝，厚而密的青苔从这些缝隙间汹涌而出，无穷无尽，遮盖了全部的砖地，像地毯一样覆盖在上面。

　　他的气味从窗口越出，落到这片青苔上。我常常站在那里，有一面墙壁是我家的房间，窗口开向天井。

　　我知道这个房间消失已久。

　　他灰色的影子和烟的气味常年在房间里盘桓，他的烟丝晾晒在天井里的条凳上，它们金黄的颜色和气味来自 B 镇附近的农村。阳光把它们变得更加金黄、更加香醇和干燥。

　　这种金黄的气味缭绕着他，在他身上分解为两种颜色，一种淡灰，在空气中弥散，很快消失；一种暗绿，沉淀在他的身体里,成为他脸上年深日久永不消退的颜色。

他有一年的时间靠墙躺着,床头墙角的烟燎像一小片毛茸茸黑色的月光。很薄的纸,纸里的烟丝发出一阵一阵红色的光亮,颤抖而短暂。在不点灯的夜晚这点亮光能照亮夹烟的手指、嘴唇和鼻子。

我的手指、嘴唇和鼻子跟他长得一样,见过他的人都这么说。烟蒂的光亮在多年以前就暗示了这一点。

他的手指修长,但关节突出。

他的手指日夜举着烟。

我经常停留的地方除了天井就是走廊。走廊由两面墙和一些门组成,我曾经在走廊的石灰墙上画了一只大大的眼睛,我举着一截木炭,从墙的这头奔到墙的那头,木炭是从厨房拿的松木炭,燃烧时松木的烟味沿着走廊一直进入我家的房间,松木的气味是这个房间的气味之一。

我的木炭跟随我奔跑着从这头到那头,墙上黑色的弧线就是我奔跑线路的另一种形式,那是一根多么长的线,我在它的下方半蹲着又画了一道相反的弧线,这样,一只巨大的眼睛的外壳就形成了,如果我不把圆圆的瞳仁填进去,它看起来就像一头大鲸鱼。但它是眼睛,不是鲸鱼。我给它画上了一个像月亮那么大的瞳仁,为了完整我又站在矮凳上给它画了一道眉毛,这时候我的手已经画顺了,这道眉毛的弯度十分完满,就像天上的彩虹。

这只眼睛正对着我家的门口,在我的想象中,它是一只像月亮那样浮动的眼睛,它飘浮在 B 镇那所古老但是经过石灰粉刷的房子里,它的瞳仁留下了阁楼、青苔、天井以及我父亲长卧不起的影子。这是一只难以洗去的眼睛。

他说这是公家的墙,我在墙上画眼睛是损害公物,他让我把黑炭画擦掉。他心情一不好就让我洗墙上的画,这样的结果是白墙上越来越黑,一派糊涂。

许多年以后我才知道,他心情不好日夜吸烟是因为政治上的原因,一个从现在起正在逐渐消失的叫做右倾的词使他遭到降薪降职,使他身患绝症,英年早逝。

那个夏天一直到秋天,我经常站在小凳子上,旁边放着一盆水,我把抹布弄湿然后就往墙上蹭,我看到黑炭的粉末更黑更细地进入了墙的内部。

事实上我不可能认真地擦洗它,我把这件事变成了一个玩儿水的游戏。我站在小凳子上,一回头就看见他躺在床上,他躺在那张单人床上抽烟,从这个新的角度看上去他完全像一个陌生的男人,他的头发发暗,没有光泽,他因连续的消瘦而皮肤松弛。就是这样一个陌生的男人躺在我家的床上。他的床边也放着一把方凳,方凳上放着一搪瓷缸子水,以及一个本子。

后来这张床没有了。它拼入了大床的边沿或是挪了地方。他消失之后我画的那只巨大的眼睛还在,它正对着我家的门口，它正对着我家里的那面墙有床的痕迹，但是床没有了。

后来我又在这房子里住了六年，六年来我再没有去擦洗它。它融进了墙里，多少年前粉刷过的白墙已经变得灰蒙蒙的，眼睛在那上面，已经完全被隐没了。

曾经有一个女人，告诉过我另外一些事情，她说我的父亲其实不是病死的。我依稀记得她年轻时美丽的面容，她是否就是那个"庆祝元旦"的照片上紧挨着他站的穿碎花连衣裙的年轻女人？不久前我在B镇仅存的几条旧日的小巷里漫步，这个小巷有一家外形怪异的粤东会馆和一棵全B镇最古老的大玉兰树，这两处是B镇几十年来丝毫未改的景观。在B镇的日子里我每天傍晚散步到这里，但我从未碰到过熟人。这个跟我母亲年龄相仿的老女人站在她家的门口，每当我走过她就直勾勾地看着我。有一天她突然喊出了我的小名，她说：你是某某的女儿，你长得真像他。

她把那句神秘的话说完天就变灰了，残留的天光笼罩在周围，像一种弥漫而朦胧的光幕挡在她的脸上，看上去虚幻而久远。她说你的父亲真的不是病死的，她的声音像无数细小的雾，弥漫在整条窄而长的巷子里。夜气开始流动，我站着等她说出更多的事情来。路灯突然亮了，我看清她确实跟我的母亲一样老，丝毫也不美丽，她的眼睛直直的，我等着她说出"自杀"这个词,以及这么多年来被遮盖的真相。

天已经完全黑了,细小的风吹得宽大的玉兰树叶发出微微的响声,远处的屋檐高大而黝黑,使我有置身于陌生的森林之感,而这个老女人突然变成了一个巫婆,她把我定在那里,告诉我一个石破天惊的秘密,我期待她施展魔法,把过去岁月中死去的事物一一唤醒,让它们像在童话里一样,打一个又长又深的呵欠,伸一个大大的懒腰,活动手脚,一一列队来到我的面前。我觉得这非常可能,在朦胧的路灯光线下就隐藏着往事的清流,它们在空气中闪动,只要有一个通道,它们就会奔涌而出。

但这个女人没有再说别的,她盯着我看了一会,然后一闪身进了她身后的一个门。关于这个女人我问过母亲,她说这是一个神经病。

后来我再也没有碰到过这个女人,我也不十分相信她的记忆,任何人的记忆都是不可靠的。但是她的说法从此却笼罩了我,我希望她说的是真的,我觉得自行辞世比病死更有价值和诗意,就像给瓷器的泥抔上一层釉,使生命增添一层神秘的光彩。父亲,我希望你自己结束,希望你没有在那间青苔缠绕的小屋里忍受更长时间的灾难,希望你没有从 B 镇到 N 城治病,客死他乡。

我希望他通过安眠药离开这个世界,我想他刮干净了他的胡子,穿整齐了他的衣服,一页又一页地撕下他的日记并投入火中。他平静地看着它们变得浅灰,带着暗花般的字迹,像大大小小灰色的蝴蝶在空中飘飞和消失。我想这个过程就是在那个长满了青苔的天井进行的。

在我们睡着之后,这个男人走到天井,他把需要烧的东西堆在地上。然后他找来一把火钳。

他就把火柴擦着了。

燃烧着的东西烤在青苔上发出奇怪的气味和浓烟。那片青苔从此就枯死了,很久没有长出来。一小片黑色的疤痕,就像这个天井难以愈合的伤疤。

冬天的时候,青苔都干了,那个疤痕还在,只是变了颜色。在长着青苔的地方冬天里全是黄色的干草的颜色,只有疤痕是白的。

这个疤痕就是天井的眼睛。

在深夜我从这只眼睛看到连绵不断的往事,久已忘记的事情从青苔的边缘,从那只眼睛的深处涌出来,我再一次看清了它们。在那些我再一次想起的事情中,我经历过的饥饿是最早的一只血盆大口,它一步步逼近我,把我吸纳和淹没。我看见自己八岁上小学二年级的时候饿倒在课堂上,饥饿的烧灼感从胃部蔓延到全身,灼烤着体内的每一个感官和每一寸肌肤。这种烧灼从第二堂课刚上课的时候就隐约出现,随即它们越来越明显,它们以极快的速度滋生和集结,每一个分子一手举着长矛一手举着火把，在我的身体里步步紧逼，它们一次次把我的唾液驱赶到我的喉咙，我一次次地把它们咽下去以平息腹中弥天的烧灼，饥饿的怒火不但没有缓解，反而变本加厉。在这场力量悬殊的拉锯战中我很快就败下阵来。我全身的冷汗奔涌而出，眼睛再也看不见黑板上的字，也听不见老师的声音了。我全部的感官只提供同一个感觉：腹部里有一个越来越烫越滚越大的火球，它正在挤压我全身的水分和力气，它已经烧到了我的心，它快要烧到我的脸和我的头了。这是一个巨大的唯一的感觉，遮天蔽日，如果我不逃脱，我将死于这个火球，而这正是一件迫在眉睫的事，同时我清醒地意识到，我没有任何能力熄灭这个凶猛的火球，我已经精疲力竭了。

我全身发软地瘫倒在书桌上，我知道我再也不行了，但酷刑般难忍的滋味还在继续，我不知道怎样才能结束这一切，什么时候才能结束这一切。后来我绝望地哭了起来，不知道是什么引起了当时正在上课的老师的注意，是哭泣还是晕倒，我回想不起来哭泣的声音，一个饥饿至极的孩子，趴倒在书桌上，她哭泣的声音像游丝般微弱，有谁会注意这个声音呢？我模糊地感到有人走近我，温热而干燥的手摸了摸我的额头，又摸了摸我的手，她说：你是饿的，快去买一碗米粉吃就好了。她从口袋拿出一角钱和二两粮票放到我手上，说：你现在就去，不要等下课了。

我什么都没说，握着老师给我的一角钱就往街上跑，当时的一角钱是 B 镇许多家庭一天的菜金，两分钱能买到一斤空心菜，五分钱能买一斤咸萝卜，四分钱就能买到一碗汤米粉。我握着一角钱，就像握着了神话中的某种宝物，体内那只烧灼的火球奇迹般地消退了，我的眼睛和脚重新有了感觉，我一溜烟走出校门，紧盯着街上最近的一家米粉铺飞奔而去。我交上钱和粮票，坐在凳子旁，既兴奋又新鲜，饥饿的感觉暂时消失了，这是我第一次在街上吃东西，母亲卫生方面要求严格，任何时候不允许在街上乱吃东西，"细菌"这个词在我很小的时候就被狰狞地灌输进脑子里。我看见条状洁白的米粉被放进了一口大锅，浓白的蒸汽在升腾，时疏时密，婀娜而澎湃，米的香味从这片白色的气体中散发出来，犹如太阳的光芒从云层中透出，气味的光芒越来越灿烂，它们在浓白的水汽中间跳荡、闪烁，照亮了整个店铺，每个人的脸上都被这特殊的光亮所照耀，脸上一片满足的神情。蒸汽风起云涌，气象万千，我们的太阳就要出来了！

　　围着布围裙的人将一只光滑的竹漏爪伸进大锅里，蒸汽的云雾从正中破开，竹漏爪水光闪闪开始左右晃动，沸腾的汤如大花般怒放，米粉，我们饥饿之躯的太阳，在竹漏爪的托举下，从云雾的中央，从沸腾的汤中迅速上升，它呼地一下就升起来了，呼地一下到了大瓷碗里，然后它飘动着白汽，如同翕动着柔软的翅膀，明眸皓齿，仪态万千地来到我的面前，在我的记忆中,我从未见到、而且再也没有见过如此美好的食物,它的颜色和香味在时间中聚集、堆积,成为坚硬的晶体,隐藏在我的味蕾和呼吸中,它的光芒永不落。

缀结着这所有一切的人,是我的老师庞桂珍,这是一个真实的名字,这个名字珍贵而朴素,多年来我把它珍藏在心里,多年来我等待一个庄重的场合把它庄重地说出,等待饥饿的记忆再现在我的文字中,犹如等待一个坚硬而平整的台地,语言的青草繁茂地生长,芬芳而雍容,饱含着感恩的心情,我默念着我的老师的名字,把它郑重地书写在这里,这是我多年来的心愿,我希望所有与我的作品相遇的人,也同样与她相遇。被她慈爱的眼光所笼罩,是我永远的福分。

饥饿的感觉跟随我多年,在我成长的十几年时间里,我几乎每天都感到饥饿,因为在大多数的日子里没有早餐可吃。饥饿使所有的上午漫长难熬,每到第三节课就头昏,弱不禁风,在太阳底下站立都会眼前发黑。最后我就这样长大了。我知道我的饥饿比起大量死去的人微不足道。

有一个问题长久以来萦绕于心,在一九六〇年、一九六一年、一九六二年,我是吃什么才活下来的?在 B 镇,大家吃什么?我估计那时候我的母亲肯定是吃糠了,因为在二十世纪七十年代的"忆苦饭"中有大量的糠。母亲说她没有吃糠,吃的是青苔,当时不允许叫青苔,统一称"小球藻",实际上就是一种青苔,在水池里蓄水养殖的,被说成是营养价值极高

(跟现在的"中华鳖精"广告里说的差不多),但吃起来很难吃。母亲说B镇没有死人,因为派了工作队下去,把得了水肿病的集中起来,工作队将黄豆粉和糠做成混合饼发给水肿病人吃。于是水肿病就治好了。

以上一切事物的背景是连绵不绝的水稻,它们在我的夜晚无边地展开,我的父亲和母亲,我的饥饿与米粉,我的河流与房子,我的天井与青苔,它们全都从这水波荡漾的稻田上浮现,我知道我将要迷失其中,永不能返回。

在B镇停留的日子里,有一个白天,我旧日的朋友陪我到沙街上,我家住过的房子是一幢瘦窄的三层楼,灰色而陈旧,我走在沙街上,在我曾经住过的地方反复辨认,我家原来的房子确实已经没有了,不知在什么时候,被什么人拆掉了,我无限怅惘地看到一个老妇人坐在我家原来房址的门口打瞌睡,我们在门口站了好一会,她始终没有睁开眼睛。

晚上是个绝好的月夜,月光以水的质感呈现,浓密而均匀,我独自一人再次来到沙街。深夜的沙街阒无一人,我极慢地走在这条多年前住过的街道上,我看到它往昔的面容在月光下浮现,它的树木矮了一圈,房屋陈旧,月光下谁家忘记收的衣服清晰可见,那是旧时代的蓝布衫,在深夜随风摆动。那个白天打瞌睡的老妇人伫立在门口,她木然不动。我家的门无声地打开,我走进去,穿过暗而窄的走廊,我看见一盏昏黄的走廊灯在安静地亮着，仿佛它一直在这特定的时空中亮着，这里的时间就如同它的光线，永远照不到别的时间和空间里，它在现实中已被隐形，但它的一切都完好无缺，只有等待神秘的契机，经由月光浸泡的通道才能走进。

走廊灯的开关在很低的地方，我想起多年前的一个沉闷的下午，为了知道触电的感觉我曾经把手指伸进开关里的金属片上。我再次旋开它的圆盖，再次把手伸进去，但是毫无感觉。这使我悚然心惊，我意识到，这是一个死去多年的地方，它的电流也已经死去，它再也不会像从前那样击倒我。我经过天井和青苔，走进我家的房间，这个房间空无一人，月光照进床前，父母不知去向，在我多年前睡过的床上，小而光滑的木屉隐隐散发着过去的光泽。在这个房间我想起了童年时经常出现的一个梦境，那是一道瑰丽的彩虹，从幽暗的远方走到我的眼前，它没有弯度，又直又长，无穷无尽地走进我的梦里，它在不同的夜里反复出现，我不知道它到底意味着什么，直到现在，还是没有人能解释这个梦。我站在多年前的房间里，看到这道彩虹静卧在月光下，我意识到，静卧在月光下的彩虹是死去的彩虹。

我走到后门，木门无声地打开了，清冽的月光下一大片水稻寂静肃穆，不远处的河流闪着银色的光。我走到水稻中央，站立良久，我听见风吹稻田的沙沙声和河水流动的簌簌之声，它们的声音回响在过去的时光中。

我回头凝望那幢我走出的房子,它正缓缓地坍塌,无声地倒下。它在我的视野中渐渐消失,它溅起的轻尘融会在月光中。房屋再也没有了,前后左右都是水稻,整个月夜我都行走在稻田的迷宫中,一直未能走到它的边缘。

　　我的赤足时代穿行在混乱的革命年代,语录的声音朗朗地贯穿整个 B 镇的时光,批斗与高呼,无数嘹亮而短促犹如军歌的革命歌曲日夜响彻。无数次欢呼,从氢弹到"九大",从最高指示到最新指示,不分昼夜的赤足行走。最辉煌最遥远的梦境就是电影中的西哈努克和莫尼克公主,以及乒乓球,它们一次又一次地呈现在我的面前,散发着光芒。我们的课堂既支离破碎又广大无边,蔓延到 B 镇的工厂、工地以及稻田。缠绕在少年时光的事物是一些由于年深日久而变得稀奇古怪的东西:工宣队、革委会、五七干校、誓师大会、斗私批修、深挖洞、广积粮、阶级斗争、路线斗争,这些全都是一些奇怪的词,它们像一些石头在 B 镇的上空飞来飞去,画出一些奇怪的弧线。

　　它们降落在 B 镇的河流、沙滩、丘陵和稻田上,越过视野中这些纷乱的线条,我看到的是永远的 B 镇,以及环绕着 B 镇的广阔而永远的稻田,它们在万里蓝天之下,绿波汹涌,清晨的斗笠随风飘荡,它像一次又一次的慢镜头,永远飘浮,永不落下。

纸乌鸦

李莴是一个长头发的女人,她的头发厚而蓬松,像烫过的钢丝发或者头发被静电吸起时的状态,或者像藤条一样颤动而富有生命。

无论在白天或是在夜晚,无论是背面还是正面,这个女人最先吸引你的是她的一头长发, 你见过大野洋子的照片吗?你见过约翰·列侬和大野洋子在一起的照片吗?李莴的长发就跟她的一样,黑色、浓厚,从头部一直垂下。

但她的长相跟大野洋子毫无相像之外, 她长得有点怪,有点丑,她的脸型又长又窄,她的额头又高又窄,有一次她对姚笠拨开额前的头发说:你看,我是一个异人。

李莴会看手相,粗通阴阳,并对密宗感兴趣。她曾请了三个月的肾炎病假到西藏去朝拜她的一位活佛上师。她对西藏最深刻的印象就是那里的云,许多年后她还对姚笠说:那里的白云一看就不是普通的云,干净之极,是十分吉祥的白云。

李莴还会撕纸,无师自通,她用挂历纸撕成各种动物花卉植物,很生动,但却怪怪的,让你感到每样事物都藏着一个魔鬼。她喜欢收集深颜色的挂历纸,颜色越深她越喜欢,她最爱黑纸,这只有在反差很大的黑白挂历上才会出现,这几年黑白挂历有点走俏,这使李莴的收集方便多了。

她用黑色的挂历纸撕成乌鸦,那是她最出色的作品,她的乌鸦使人害怕,她轻易不给人看,并且从不送人,没有人知道她撕成的乌鸦到哪里去了,难道飞到树上去了吗?

这个猜想有点神秘。

李莴独自一人生活,有人说她结过婚,有人说根本就没结婚,但是有一个孩子。

李莴住在图书馆的一间平房里,那曾经是一间工具房,到达它需要穿过一片古柏的庭院,这使她看起来有点像住在森林里。

李莴的房间里没有孩子的照片,她对别人的孩子也不感兴趣。

她从不回家,她在这个城市里没有亲人,她在别的地方也没有亲人。

李莴走路的样子很硬,好像她的膝盖弯不了,她上楼的时候直着上,下楼时整个上身向前倾,如果在平地上走路,她就比一般人快而且重。

李莴在一家图书馆工作。

我知道，在图书馆里李莴年复一年走动的地方是书库，那是一个幽深神秘、神出鬼没的地方，几千年的鬼魂都聚集在那里，阴盛阳衰，那里幽暗、灯泡定时熄灭，像是有一只不可知的鬼魂之手在操纵，空气中充满了呛鼻的尘埃和纸的气味，走动的气流将年深日久的尘埃带起，灰尘的颗粒在灯光下清晰地弥漫，看人就像隔了一层毛玻璃，人的面孔也因为这层东西而变得怪诞。此外还有书库之间的走廊，那里阒无一人，两旁的高墙一直到顶，光线无法从外面进入，只能从某些缝隙曲折而微弱地进来，这样的走廊看起来既像地下室又像监狱。此外还有苍柏缠绕的庭院，这家图书馆拥有这个城市最古老的那批虬龙似的古柏，在夜里，灰白色的夜气与蓝色的星光衬托下的古柏有一种强烈而危险的质地，因扭曲而坚硬的树身，以及因单纯而显得天真的针状叶子，在它们的下面生长的女人长发飘荡。

李莴撕制的黑色乌鸦就停泊在这些古老的柏树上面吗？

黑色的乌鸦，据说它们能使死去的人和死去的事物返回人间，这是一种叫做乌鸦魔法的魔法。这个传说笼罩在那个李莴每天都要穿越的柏树的庭院里，同时黑色的乌鸦开始在夜晚里出现，它们在空中、在树上、在电影里、在文字中，它们纯黑的颜色使我注目良久。

乌鸦的形象一点点地笼罩了我，它的影子隐藏在那个长发女人身上，她黑色的长发令人想起乌鸦黑色闪光的羽毛，她收集的黑色挂历纸,就是与乌鸦连为一体的黑夜,她的眼睛也许就是乌鸦的眼睛,隐藏着黑暗的密码和色素,那是最黑的地方,是黑暗的中心。然后,一些诗句(乌鸦在不同的时候散落在各处的羽毛)也在这个神秘的夜晚受到召唤,它们隐隐飘动,到达我们的眼前。乌鸦的形象越来越清晰,清晰而巨大,那些散落在地的羽毛在一个我没有看见的瞬间全都长到了纸乌鸦的身上,它们因此而黑得异常,黑得发亮,这样纸乌鸦就成了世界上最黑的乌鸦,在这个夜晚降临到我的面前。

我知道乌鸦的黑色是摸不着的,像所有的黑夜一样,我们摸不着它们,但它们布满在我们的四周。它只允许我们观看,甚至进入,但不允许我们触摸。诗人说得对,乌鸦就是从黑透的开始,飞向黑透的结局。我发现这天确实黑透了,在我上床看杂志的时候虽然已经将近十点,但绝对没有现在这么黑,我记得月亮差不多圆了,而且十分明亮,它恰好走到我的窗口的顶上,把我放在窗台上的一盆文竹投射到我的床上来。

我发现月光消失了,既没有云,也没有星星,似乎连天都没有了,只有一片黑透,我室内的物品也已经看不见。这个发现使我感到一种神秘的气氛在降临,我怀疑自己是否走进了乌鸦的身体里,将要经历一次奇妙的旅途,然后到达一群亡灵中间。

我真希望正是这样,我拼命吸鼻子,想要闻到它的气味,我只闻到了一阵灰尘之气,我猜想这是我的窗台上那盆文竹开花的气味,这是我不久前刚发现的,以前我不知道文竹也会开花,开始时我还以为是什么东西掉在了文竹的叶子上面,那种花极小,只有瓜子那么大,米色,有五瓣花瓣,花瓣也只有三根头发丝那么大,停留在毛茸茸细如发丝的叶子上,星星点点,十分像星星分布在天空中。我在黑暗中伸了一下手,还是什么都没摸着,这一切使我既放心又失望,同时还有一丝疑惑。

我穿衣下床,没有灯,我至今也不知道为什么没有灯,是停了电还是我忘了拉。我摸黑穿上了鞋,还摸到了一条围巾,然后我把门撞上,我看到我的房门无声地关上了,没有声音,像无声电影一样,这使我心里一片宁静。

我在一片古柏树林中看见了一个长发女人,她穿着黑色的长风衣,长及脚踝,这个女人身材高大,宽肩细腰,有一种说不出的威严。她是谁呢。

她独自一人在深夜里出现在这样的地方一点也不令我吃惊,我的女友李莴就是一个喜欢夜晚行走的人。我向她走去,我觉得她的背影有点像李莴。我向她走去的形态让我感到陌生,在月夜(我到达柏树林的时候月亮重新出现,皎洁的月光和黢黑坚硬的柏树枝条形成鲜明对照),月光弥漫,幽灵般的女人伫立不动,这正是超现实主义大师保尔·德尔沃的油画里的情景,在这个夜晚我怀着奇遇的心情一字不漏地想起了这位大师的名字，我一次又一次地向那个女人走去，但我发现我每次以为走近了她而停住的地方总是我从一开始就站立的地方，我一点都没有离她更近。

这个发现使我吃惊之极，我隐隐意识到这也许不是一个正常的空间。我环顾四周，阒无一人，近处是一棵又一棵的古柏树，有点像天坛的柏树林，远处隐隐有一处白色的奇怪房子，虽然柏树间断了我的视线，但我还是看清楚了这所房子的外形像月牙，两头尖，中间弯，它浑身上下还散发出一种柔和洁白的光泽，我想这林子里弥漫着的类似于月光的光亮就是这所白色的月牙房子发出的，只不过它们看上去像月光罢了。

这所房子强烈地吸引着我，我从未见过这样奇怪的建筑物，我想最好能走进去看看。

我发现那个身材高大的长发女人正向那房子走去，我尾随着她。我看到她的影子被月牙房子的光投射得又长又宽，呈暗蓝的颜色。

我就走在她的影子里，有点像走在一条不断地向前移动的走廊里，这种幻觉使我产生了一种安全感。快到白房子的时候那女人停了下来，她慢慢转过身，她背后的那所奇怪的建筑物发出的光亮越过她侧着的身体直接落到我的身上，使我在她的目光下一览无余，在任何情况下，这种亮光突然投在身上的情形都会使我惊慌失措，汽车的前灯、电筒、探照灯、舞台上的追光，这一类物体常常令我恐怖，这幢白房子发出的光亮虽然像月光一样柔和（后来我知道它的光亮实际上就是月亮的光），而且月光从来就是一种美好的事物，但由于它突然布满我的全身，我一时感到有些晕眩。

从逆光看那女人，看不清楚，不过她不是我的女友李葳，她比李葳好像要好看一些。她突然问我：你是怎么到这来的？这时我才意识到我来的是一个非同寻常、以往我从未来过甚至也从未听说过的地方。

她又问：你到这里来干什么？

我想说我想要看看从前时候的我，但我发现就像在梦里一样，我说了话，但却听不见自己的声音。黑衣女人伸出她的手，她把她的手平放在我跟她之间，我不知道这代表什么意思，是一种仪式或是一种语言，抑或是某种敬礼。

这时我发现这个女人的手与众不同，她的手背布满了筋络，手指多节，皮肤厚而皱，指甲又长又尖，更重要的是，我突然发现她的手只有四根指头，看不出另外一根曾经有过的痕迹，看起来是天生只长着四根手指，这样一只手与这个神秘的女人是如此不相称，它根本不像一只人手，而像鸟类的爪子，这个发现使我心里一惊。我把自己的手也伸出来，在月光下我看见它迅速变成那女人一样的手，女人看到这种变化，满意地点点头。

在白色的房子跟前，四指女人蹲下身来，用她最尖最长的小手指的指甲尖在房子的月牙底尖处扣了三下，月牙房子开了一道只有手指宽的缝,身材高大的女人一闪身就进去了。

我学她的样子，也从手指宽的缝隙里闪身进入了房子里。里面光线朦胧，布满了用镜子镶成的盘旋式的楼梯，我搞不清楚哪些是真实的楼梯，哪些是镜子里面的楼梯，我每走一步都会发现我跟前正对着楼梯口，每个楼梯口跟前都有一个像路标一样的牌子，那上面分别画着布娃娃、花朵、星星、太阳、月亮以及一些我判断不出是什么的古怪的图案，我不知道该登哪个楼梯，我找不到人来问，那个女人从一进入房子开始就不见了，我在楼梯中间站了一会，我无师自通地认为，那个有着布娃娃路标的楼梯口是一条返回童年的通道，于是我从这个进口开始登爬。这楼梯高极了，我不停地盘旋向上，盘旋向上，到后来我爬到了一个游泳池的跳台那样的平台上，我的面前是一条像儿童滑梯一样的通道，这滑梯的质地既像冰块又像水晶，润滑透亮，一无杂质，这样的滑梯真是诱人极了。

我坐到了滑梯口上，闭上眼睛，我把身体往前一送，顷刻就感到了飞快的下滑，我感到滑梯在消失，身体的重量在失去，四肢如花朵般重新张开，我的额头与过去的岁月再度相逢。

1995 年 2 月 7 日初稿

1995 年 2 月 19 日完成于北京东四十条

2011 年 2 月 27 日修订

（京）新登字 083 号

图书在版编目（CIP）数据

空心岁月/林白著. —北京：中国青年出版社，2011.11
（林白个人三部曲）
ISBN 978-7-5153-0341-3

Ⅰ.①空...　Ⅱ.①林...　Ⅲ.①长篇小说-中国-当代
Ⅳ.①I247.5
中国版本图书馆 CIP 数据核字（2011）第 220427 号

责任编辑：程鸶眉
装帧设计：瞿中华

出版发行：中国青年出版社
社　　址：北京东四 12 条 21 号
邮　　编：100708
网　　址：www.cyp.com.cn
编辑电话：010-57350521
门市电话：010-57350370
印　　刷：三河市华润印刷有限公司
经　　销：新华书店

开　　本：880 × 1230　1/32
印　　张：6.375
字　　数：115 千字
版　　次：2011 年 11 月北京第 1 版
印　　次：2011 年 11 月河北第 1 次印刷
印　　数：1—6000 册
定　　价：20.00 元

本图书如有印装质量问题,请凭购书发票与质检部联系调换
联系电话:010-57350337